STEPHEN KING THE GREEN MILE Teil 3

BASTEI
LÜBBE

STEPHEN KING
im BASTEI-LÜBBE-Taschenbuchprogramm:

THE GREEN MILE
13 950 Teil 1 Der Tod der jungen Mädchen
19 951 Teil 2 Die Maus im Todesblock
13 952 Teil 3 Coffey´s Hände
13 953 Teil 4 Der qualvolle Tod
13 954 Teil 5 Reise in die Nacht
19 955 Teil 6 Coffey´s Vermächtnis

13 001 Feuerkind - Roman
13 008 Shining - Roman
13 035 Cujo - Roman
13 043 Trucks - Filmerzählungen
13 088 Katzenauge - Filmerzählungen
13 121 Carrie - Roman
13 160 Nachtschicht - Erzählungen
13 299 Der Werwolf von Tarker Mills - Kalendergeschichten
13 411 The Stand - Roman

THE GREEN MILE
Teil 3

STEPHEN KING

COFFEY'S HÄNDE

Ins Deutsche übertragen
von Joachim Honnef

BASTEI
LÜBBE

BASTEI-LÜBBE-TASCHENBUCH
Band 13 865

Erste Auflage:
September 1996
Zweite Auflage:
November 1996

Deutsche Lizenzausgabe 1996
by Bastei-Verlag
Gustav H. Lübbe GmbH & Co.,
Bergisch Gladbach
Originaltitel: The Green Mile –
Coffey's Hands

Titeldesign: Carl Galian
Umschlaggestaltung:
Quadro Grafik, Bensberg
Satz: Digital-Offset-Druck
W. Steckstor, Bensberg
Druck und Verarbeitung:
Elsnerdruck, Berlin
Printed in Germany
ISBN 3-404-13865-1

Der Preis dieses Schubers versteht sich
einschließlich der gesetzlichen Mehrwertsteuer.

1

Beim Zurückblättern der Seiten, die ich geschrieben habe, sehe ich, daß ich Georgia Pines, wo ich jetzt wohne, als Pflegeheim bezeichnet habe. Die Betreiber wären nicht sehr glücklich darüber. In den Broschüren, die in der Halle ausliegen und die an potentielle Kundschaft verschickt werden, ist es ›ein hochmoderner Erholungskomplex für Senioren‹. Es gibt sogar ein Entspannungs- und Unterhaltungs-Center – so steht es in der Broschüre. Für die Leute, die dort leben müssen (in den Broschüren werden wir nicht als ›Insassen‹ bezeichnet, aber ich nenne uns manchmal so), ist es einfach der Fernsehraum.

Die Leute halten mich für unnahbar, weil ich tagsüber nicht oft in den Fernsehraum gehe, aber es sind die Programme, die ich nicht ertragen kann, nicht die Leute. Oprah, Ricki Lake, Carnie Wilson, Rolanda – die Welt fliegt uns um die Ohren, und all diese Leute interessieren sich nur dafür, wie Frauen in Miniröcken und Männer mit offenstehenden Hemden es miteinander treiben. Nun, zum Teufel, richte nicht, auf daß du nicht gerichtet wirst, sagt die Bibel, also genug der schlauen Reden, aber wenn ich meine Zeit mit abschleppreifem Blech verbringen wollte, würde ich zwei Meilen runter zum Happy Wheels Motor Court fahren. Besonders Freitag- und Samstagnacht fahren anscheinend sämtliche Polizeiwagen mit flackerndem Blaulicht und heulender Sirene dorthin. Meine besondere

Freundin, Elaine Connelly, denkt genauso. Elaine ist achtzig, groß und schlank, sehr intelligent und kultiviert. Ihre Haltung ist immer noch kerzengerade, und sie hat klare Augen. Sie geht sehr langsam, weil mit ihren Hüften was nicht stimmt, und ich weiß, daß sie schrecklich leidet unter der Arthritis in ihren Händen. Sie hat einen wunderbar langen Hals – fast einen Schwanenhals – und langes schönes Haar, das auf ihre Schultern fällt, wenn sie es hinabläßt.

Vor allem hält sie mich nicht für absonderlich oder unnahbar. Wir verbringen viel Zeit miteinander, Elaine und ich. Wenn ich nicht in einem so grotesken Alter wäre, würde ich sie vermutlich als meine Herzensdame bezeichnen. Aber eine besondere Freundin zu haben – einfach so – ist nicht schlecht und in gewisser Weise sogar besser. Viele Probleme und Liebeskummer bei Beziehungskisten zwischen Jungen und Mädchen sind bei uns einfach ausgebrannt. Und obwohl ich weiß, daß keiner unter, sagen wir mal, fünfzig dies glauben wird, muß ich sagen, daß manchmal die Glut besser ist als das offene Feuer. Das ist seltsam, aber wahr. So schaue ich mir tagsüber kein Fernsehen an. Manchmal gehe ich spazieren, manchmal lese ich; doch im vergangenen Monat habe ich meistens meine Erinnerungen niedergeschrieben, umgeben von den Pflanzen im Solarium. Ich finde, in diesem Raum ist mehr Sauerstoff, und das hilft dem alten Gedächtnis auf die Sprünge. Das bewirkt mehr als Geraldo Rivera, sage ich Ihnen.

Aber wenn ich nicht schlafen kann, schleiche

ich manchmal nach unten und schalte den Fernseher an. Es gibt keinen Videorecorder oder so was in Georgia Pines – ich nehme an, diese Unterhaltung ist für unser Unterhaltungscenter ein bißchen zu teuer –, aber wir haben die wichtigsten Kabelsender, und das heißt, wir haben den American Movie Channel. Das ist der Kanal (nur für den Fall, daß Sie kein Kabelfernsehen haben), auf dem die meisten Filme schwarzweiß sind und sich die Frauen nicht ausziehen. Für einen alten Knacker wie mich ist das gewissermaßen beruhigend. In vielen Nächten bin ich sofort auf dem häßlichen grünen Sofa vor dem Fernseher eingeschlafen, während Francis, das sprechende Maultier, einmal mehr Donald O'Connors Bratpfanne aus dem Feuer zieht oder John Wayne in Dodge aufräumt oder Jimmy Cagney jemanden als dreckige Ratte bezeichnet und dann einen Ballermann zieht. Einige dieser Filme habe ich früher mit meiner Frau Janice gesehen (nicht nur meine Herzensdame, sondern meine *beste* Freundin), und sie beruhigen mich. Die Kleidung der Schauspieler, die Art, wie sie gehen und reden, und sogar die Filmmusik – all das beruhigt mich. Ich nehme an, es erinnert mich an die Zeit, in der ich noch ein Mann war, der mitten im Leben steht, und nicht ein von Motten zerfressenes Relikt, das in einem Altenheim verschimmelt, in dem viele der Bewohner Windeln und Gummihosen tragen.

An dem, was ich an diesem Morgen sah, war jedoch nichts Beruhigendes. Überhaupt nichts.

Elaine leistet mir manchmal Gesellschaft bei

AMCs sogenannter Frühaufsteher-Matinee, die um vier Uhr morgens anfängt. Sie redet nicht viel darüber, aber ich weiß, daß ihre Arthritis furchtbar schmerzhaft ist und die Medizin, die man ihr gibt, nicht mehr viel hilft.

Als sie an diesem Morgen wie ein Geist in ihrem weißen Frotteemorgenmantel hereinschwebte, saß ich auf dem schäbigen Sofa, neigte mich über die dürren Stelzen, die mal Beine gewesen waren, umklammerte meine Knie und versuchte, das Zittern zu unterdrücken, das meinen ganzen Körper erfaßt hatte. Ich fror, abgesehen von meinem Unterleib, der mit dem Geist der Blaseninfektion zu brennen schien, die mir das Leben im Herbst 1932 so schwergemacht hatte – im Herbst von John Coffey, Percy Wetmore und Mr. Jingles, der dressierten Maus.

Es war auch der Herbst von William Wharton gewesen.

»Paul!« rief Elaine und eilte zu mir – jedenfalls so schnell es die rostigen Nägel und die Keramik in ihren Hüften zuließen. »Paul, was ist los?«

»Das geht schon alles wieder in Ordnung«, versicherte ich, aber die Worte klangen nicht sehr überzeugend – sie kamen undeutlich zwischen Zähnen hervor, die klappern wollten. »Gib mir nur einen Moment Zeit, dann läuft's bei mir wieder wie geschmiert.«

Sie setzte sich neben mich und legte einen Arm um meine Schultern. »Bestimmt«, sagte sie. »Aber was ist passiert? Um Himmels willen, Paul, du siehst aus, als hättest du einen Geist gesehen.«

So ist es, dachte ich, und ich merkte erst, daß ich es tatsächlich ausgesprochen hatte, als Elaine mich mit großen Augen anstarrte.

»Keinen echten«, sagte ich und tätschelte ihre Hand (sanft, so sanft!). »Aber einen Augenblick lang, Elaine – o Gott!«

»Kam er aus der Zeit, als du Wärter in dem Gefängnis warst?« fragte sie. »Aus der Zeit, über die du im Solarium geschrieben hast?«

Ich nickte. »Ich arbeitete dort, was man den Todesblock nennt ...«

»Ich weiß ...«

»... den wir die Green Mile nannten. Wegen des grünen Linoleumbodens. Im Herbst '32 bekamen wir diesen Typen – diesen *Wilden* – namens William Wharton. Hielt sich für Billy the Kid, hatte es sogar auf seinen Arm tätowiert. Nur ein Kid, aber gefährlich. Ich kann mich noch erinnern, was Curtis Anderson – der stellvertretende Direktor in jenen Tagen – über ihn geschrieben hatte. ›Verrückt, wild und auch noch stolz darauf. Wharton ist neunzehn Jahre alt, und es ist ihm *einfach alles egal.*‹ Letzteres hatte Anderson zweimal unterstrichen.«

Die Hand, die sich um meine Schultern gelegt hatte, streichelte jetzt meinen Rücken. Ich wurde ruhiger. In diesem Moment liebte ich Elaine Connelly, und ich hätte ihr ganzes Gesicht abküssen können, als ich ihr das gestand. Vielleicht hätte ich es tun sollen. Es ist in jedem Alter schrecklich, allein und verängstigt zu sein, aber ich finde, es ist am schlimmsten, wenn man alt ist. Doch ich hatte andere Dinge im Sinn, diese Bürde an alten und noch unerledigten Sachen. »Du hast recht«, sagte ich, »ich habe beschrieben, wie Wharton zum Block kam und Dean Stanton beinahe umbrachte – einer der Jungs, mit denen ich damals zusammenarbeitete.«

»Wie war das möglich?« fragte Elaine.

»Bösartigkeit und Nachlässigkeit«, erklärte ich grimmig. »Wharton war die Bösartigkeit, und die Wärter, die ihn hereinbrachten, sorgten für die Nachlässigkeit. Der entscheidende Fehler war die Kette zwischen Whartons Handfesseln – sie war ein wenig zu lang. Als Dean die Tür von Block E aufschloß, war Wharton hinter ihm. Links und rechts von ihm standen Wärter, aber Anderson hatte recht – Wild Billy war einfach alles egal. Er streifte die Kette über Deans Kopf und begann ihn zu würgen.«

Elaine erschauerte.

»Jedenfalls mußte ich an all das denken und konnte nicht schlafen, also ging ich hier runter. Ich schaltete AMC ein und dachte, vielleicht kommst du runter, dann hätten wir ein kleines Rendezvous...«

Sie lachte und küßte meine Stirn, gerade oberhalb der Augenbraue. Ich hatte stets ein herrliches Kribbeln überall empfunden, wenn Janice das getan hatte, und als Elaine mich jetzt an diesem frühen Morgen küßte, kribbelte es immer noch überall. Manche Dinge ändern sich wohl nie.

»... und da lief dieser alte Schwarzweiß-Gangsterfilm aus den Vierzigern. *Der Todeskuß* heißt er.«

Ich spürte, daß ich wieder zittern wollte, und kämpfte dagegen an.

»Richard Widmark spielt dort mit«, sagte ich. »Ich glaube, es war seine erste große Rolle. Ich hab' den Film nie mit Jan angesehen – wir machten uns eigentlich nichts aus Gangsterfilmen –, aber ich habe irgendwo gelesen, daß Widmark den Bösewicht höllisch gut spielt. Und das stimmt. Er ist bleich ... scheint nicht zu gehen, sondern zu *schleichen* ... nennt die Leute immer ›Scheißer‹ ... redet über Verräter ... wie sehr er Verräter haßt ...«

Ich begann wieder zu zittern, sosehr ich mich auch bemühte, es zu unterdrücken. Ich konnte einfach nichts dafür.

»Blondes Haar«, flüsterte ich. »Strähniges blondes Haar. Ich habe bis zu der Szene, in der er diese alte Frau in einem Rollstuhl die Treppe hinunterstößt, zugeschaut und dann abgeschaltet.«

»Er hat dich an Wharton erinnert?«

»Er war Wharton«, sagte ich. »Naturgetreu.«

»Paul ...«, begann Elaine und verstummte. Sie schaute auf den leeren Bildschirm (die rote Anzeige zeigte noch die 10, den AMC-Kanal), und dann sah sie wieder mich an.

»Was?« fragte ich. »Was, Elaine?« Und ich dachte: *Sie wird mir sagen, daß ich nicht mehr darüber schreiben soll. Daß ich die Seiten, die ich bis jetzt geschrieben habe, zerreißen und einfach aufhören soll.*

Aber sie sagte: »Laß dich davon nicht aufhalten.« Ich starrte sie an.

»Mach den Mund zu, Paul – es könnte eine Fliege hineinfliegen.«

»Verzeihung. Es ist nur ...«

»Du hast gedacht, ich würde dir genau das Gegenteil sagen, nicht wahr?«

»Ja.«

Sie ergriff meine Hände (sanft, so sanft waren ihre langen und schönen Finger, ihre knorrigen und häßlichen Knöchel), neigte sich vor und schaute mir in die blauen Augen. Ihre Augen waren haselnußbraun, und das linke war leicht getrübt vom Nebel des grauen Stars. »Ich mag zu alt und gebrechlich zum Leben sein«, begann sie, »aber ich bin nicht zu alt zum Denken. Was sind ein paar schlaflose Nächte in unserem Alter? Was bedeutet es schon, einen Geist auf dem Bildschirm zu sehen? Willst du mir weismachen, es sei der einzige Geist, den du jemals gesehen hast?«

Ich dachte an Direktor Moores, an Harry Terwilliger und Brutus Howell. Ich dachte an meine Mutter und an Jan, meine Frau, die in Alabama gestorben war. Mit Geistern kannte ich mich aus, das kann man wohl sagen.

»Nein, es war nicht der erste Geist, den ich gesehen habe«, sagte ich. »Aber, Elaine – es war ein Schock. Weil *er* es war.«

Sie küßte mich von neuem und erhob sich. Sie zuckte dabei zusammen und preßte die Hände auf ihre Hüften, als befürchtete sie, daß sie aus ihrer Haut springen könnten, wenn sie nicht sehr vorsichtig war.

»Mir ist nicht mehr nach Fernsehen«, sagte sie. »Ich habe mir eine zusätzliche Pille für einen besonders schlimmen Tag ... oder für eine besonders schlimme Nacht aufgehoben. Ich werde sie nehmen und wieder ins Bett gehen. Vielleicht solltest du das auch tun.«

»Ja«, erwiderte ich, »das sollte ich wohl tun.« Einen wilden Augenblick lang dachte ich daran, ihr vorzuschlagen, zusammen ins Bett zu gehen, aber dann sah ich den Schmerz in ihren Augen und besann mich eines Besseren. Denn vielleicht hätte sie ja gesagt, und zwar nur mir zuliebe. Nicht gerade toll.

Wir verließen den Fernsehraum (ich werde ihn nicht mit diesem anderen Namen würdigen, nicht einmal, um ironisch zu sein) Seite an Seite, und ich paßte mich Elaines Schritten an, die langsam und quälend vorsichtig waren. Im Gebäude war es still bis auf das Stöhnen von jemandem, der hinter irgendeiner geschlossenen Tür in den Klauen eines schlechten Traums gefangen war.

»Wirst du schlafen können?« fragte Elaine.

»Ich denke, ja«, erwiderte ich, aber das war natürlich zu optimistisch. Ich lag bis zum Sonnenaufgang wach im Bett und dachte an *Todeskuß*. Ich sah Richard Widmark, der mit einem wahnsinnigen Kichern die alte Lady in ihrem Rollstuhl festschnallte und dann die Treppe hinunterstieß – »Das tun wir mit Verrätern!« sagte er ihr –, und dann verwandelte sich sein Gesicht in das von William Wharton, wie es an dem Tag ausgesehen hatte, als er zum Block E und der Green Mile gekommen war – Wharton, der gekichert hatte wie Widmark, Wharton, der geschrien hatte: *Das ist eine Party, was?*

Ich verzichtete aufs Frühstück, nach diesen

Erinnerungen war mir nicht danach. Ich ging hinunter ins Solarium und begann zu schreiben.

Geister? Klar.

Ich weiß alles über Geister.

2

»*Jucheee, Jungs!*« Wharton lachte. »*Das ist 'ne Party, was?*«

Immer noch schreiend und lachend, würgte Wharton weiterhin Dean mit seiner Kette. Warum nicht? Wharton wußte, was auch Dean und Harry und mein Freund Brutus Howell wußten – man konnte einen Mann nur einmal braten.

»Schlag ihn!« brüllte Harry Terwilliger. Er hatte mit Wharton gekämpft, hatte versucht, die Dinge im Keim zu ersticken, aber Wharton hatte ihn von sich geschleudert, und jetzt versuchte Harry, sich aufzurappeln. »Percy, schlag ihn!«

Aber Percy stand nur da, den Hickory-Schlagstock in der Hand, die Augen so weit aufgerissen wie sonst sein Maul. Er liebte diesen verdammten Schlagstock, und man hätte sagen können, dies war die einmalige Chance, ihn zu benutzen, wie er es herbeigesehnt hatte, seit er in die Strafvollzugsanstalt Cold Mountain gekommen war – aber jetzt war er zu ängstlich, um die Gelegenheit zu nutzen. Dies war kein verängstigter kleiner Franzose wie Delacroix und kein schwarzer

Riese wie John Coffey, der anscheinend kaum wußte, daß er zu seinem eigenen Körper gehörte; dies war ein wirbelnder Teufel.

Ich ließ mein Klemmbrett fallen, sprang aus Whartons Zelle und zog meinen 38er. Zum zweitenmal an diesem Tag vergaß ich die Infektion, die in meinem Unterleib glühte. Ich habe nicht bezweifelt, was die anderen hinterher über Whartons ausdrucksloses Gesicht und seinen teilnahmslosen Blick erzählten, aber das war nicht der Wharton, den ich gesehen habe. Ich sah das verzerrte Gesicht eines Tieres ... keines intelligenten Tieres, sonders eines, das von Verschlagenheit ... und Bösartigkeit ... und Freude erfüllt war. Ja. Er tat das, wozu er bestimmt war. Der Ort und die Umstände spielten keine Rolle. Das andere, was ich sah, war Dean Stantons hochrotes, anschwellendes Gesicht. Er war dabei, vor meinen Augen zu sterben.

Wharton sah die Waffe in meiner Hand und drehte Dean darauf zu, so daß er mit an Sicherheit grenzender Wahrscheinlichkeit mit draufgegangen wäre, wenn ich geschossen hätte. Über Deans Schulter hinweg funkelte mich ein glühendes blaues Auge an: Schieß doch! Whartons anderes Auge wurde von Deans Haaren verdeckt. Schräg hinter ihnen sah ich Percy stehen, der unentschlossen seinen Schlagstock halb erhoben hielt. Und dann tauchte auf der Türschwelle zum Gefängnishof ein Wunder in Fleisch und Blut auf: Brutus Howell. Sie hatten den Umzug der Krankenstation beendet, und Brutus war gekommen, um zu fragen, wer Kaffee wollte.

Brutal handelte, ohne auch nur eine Sekunde zu zögern. Er stieß Percy heftig zur Seite und gegen die Wand, zog seinen eigenen Schlagstock aus dem Halfter und knallte ihn mit voller Wucht auf Whartons Hinterkopf. Es gab einen dumpfen, fast hohlen Laut – als ob sich gar kein Gehirn unter Whartons Schädeldecke befunden hätte –, und endlich lockerte sich die Kette um Deans Hals. Wharton ging wie ein Mehlsack zu Boden, und Dean kroch von ihm weg. Er hustete stoßweise, hielt eine Hand an die Kehle, und seine Augen quollen hervor.

Ich kniete mich neben ihn, und er schüttelte heftig den Kopf. »Okay«, krächzte er. »Kümmert euch um ihn!« Er wies auf Wharton. »Einsperren! Zelle!«

Ich bezweifelte, daß er eine Zelle brauchte, nachdem Brutal ihn so hart geschlagen hatte; ich dachte, er würde eher einen Sarg brauchen. Doch das war Wunschdenken. Wharton war bewußtlos, aber noch längst nicht tot. Er lag ausgestreckt auf der Seite, einen Arm vorgereckt, so daß die Fingerspitzen das Linoleum der Green Mile berührten. Die Augen waren geschlossen, und er atmete langsam, aber regelmäßig. Es lag sogar ein kleines friedliches Lächeln auf seinem Gesicht, als ob er mit seinem liebsten Wiegenlied eingeschlafen wäre. Ein Rinnsal Blut sickerte aus seinem Haar auf den Kragen des neuen Gefängnishemds. Das war alles.

»Percy«, sagte ich, »hilf mir!«

Percy regte sich nicht, stand nur an der Wand und starrte wie betäubt mit weit aufgerissenen

Augen vor sich hin. Ich glaube nicht, daß er genau wußte, wo er war.

»Percy, verdammt, pack ihn!«

Da bewegte er sich endlich, und Harry half ihm. Wir drei schleppten den bewußtlosen Mr. Wharton in seine Zelle, während Brutal half, Dean auf die Füße zu bringen. Er hielt ihn so liebevoll wie eine Mutter, während Dean sich krümmte, hustete und um Atem rang.

Unser neues Problemkind schlief fast drei Stunden lang, und als es aufwachte, zeigte es absolut keine Nachwirkungen von Brutals heftigem Schlag. Er kam zu sich, wie er sich bewegte – schnell. Gerade hatte er noch wie tot auf der Pritsche gelegen, und im nächsten Augenblick stand er schon an den Gitterstäben – er war leise wie eine Katze – und starrte mich an, während ich am Wachpult saß und einen Bericht über den Zwischenfall schrieb. Als ich schließlich spürte, daß mich jemand anstarrte, blickte ich auf, und da war er. Sein Grinsen gab den Blick auf ein paar faulige dunkle Zähne frei, mit bereits einigen Lücken dazwischen. Ich erschrak zu Tode, als ich ihn da so grinsend stehen sah. Natürlich versuchte ich, es nicht zu zeigen, aber ich denke, er wußte es. »Na, du Arschloch«, sagte er. »Beim nächsten Mal bist *du* dran. Und dann klappt es.«

»Hallo, Wharton«, erwiderte ich so lässig, wie ich konnte. »Unter diesen Umständen kann ich mir wohl die Ansprache und die Willkommensworte schenken, meinst du nicht?«

Sein Grinsen wurde ein wenig schwächer. Das war keine Antwort, die er erwartet hatte, und vermutlich auch keine, die ich ihm unter anderen Umständen gegeben hätte. Aber etwas war geschehen, während Wharton bewußtlos gewesen war. Das ist vermutlich einer der wichtigsten Punkte, die ich Ihnen auf diesen mühsamen Seiten mitteilen wollte. Nun sehen wir mal, ob Sie es glauben.

3

Als die Aufregung vorüber war, brüllte Percy nur einmal Delacroix an und hielt dann den Mund. Das war vermutlich eher auf den Schock zurückzuführen als auf den Versuch, Taktgefühl zu zeigen – Percy Wetmore wußte meiner Meinung nach so viel über Takt wie ich über die Eingeborenenstämme des dunkelsten Afrika –, aber es war trotzdem verdammt gut, daß er die Klappe hielt. Wenn er gejammert hätte, weil Brutal ihn gegen die Wand gestoßen hatte, oder gefragt hätte, warum ihm niemand gesagt hatte, daß manchmal boshafte Männer wie Wild Billy Wharton in Block E kamen, dann hätten wir ihn vielleicht umgebracht, glaube ich. Dann hätten wir die Green Mile auf eine ganz neue Weise kennengelernt. Das ist eine lustige Idee, wenn man darüber nachdenkt. Ich verpaßte meine Chance, es wie James Cagney in *Sprung in den Tod* zu machen.

Wie dem auch sei, als wir sicher waren, daß

Dean wieder atmen und nicht ohnmächtig zusammenbrechen würde, führten Harry und Brutal ihn rüber zur Krankenstation. Delacroix, der sich während des Zwischenfalls absolut still verhalten hatte (er war oft im Knast gewesen und wußte, wann man besser die Klappe hielt oder wann man sie relativ ungefährdet aufreißen konnte), begann jetzt über den Gang zu brüllen, als Harry und Brutal mit Dean fortgingen. Delacroix wollte wissen, was passiert war. Man hätte denken können, seine verfassungsmäßigen Rechte wären verletzt worden.

»Halt die Schnauze, du kleiner Schwuler!« brüllte Percy so wütend zurück, daß seine Halsadern anschwollen. Ich legte eine Hand auf seinen Arm und spürte, daß er zitterte. Zum Teil war das natürlich auf die Nachwehen der Angst zurückzuführen (von Zeit zu Zeit mußte ich mir in Erinnerung rufen, daß ein Teil von Percys Problemen darin bestand, daß er erst einundzwanzig war, nicht viel älter als Wharton), aber ich glaube, das meiste war Zorn. Er haßte Delacroix. Ich weiß nicht, warum, aber er haßte ihn.

»Sieh nach, ob Direktor Moores noch da ist«, wies ich Percy an. »Wenn ja, gib ihm einen vollständigen mündlichen Bericht über die Ereignisse. Sag ihm, daß er morgen meinen schriftlichen Bericht auf seinem Schreibtisch hat, wenn ich es schaffe.«

Percy schwoll sichtlich die Brust bei dieser verantwortungsvollen Aufgabe; einen entsetzlichen Moment lang dachte ich tatsächlich, er würde salutieren. »Jawohl, Sir, das werde ich tun.«

»Fang den Bericht damit an, daß die Lage in Block E normal ist. Es soll kein Gangsterroman werden, und der Direktor wird es zu schätzen wissen, wenn du die Sache nicht in die Länge ziehst, um die Spannung zu erhöhen.«

»Das werde ich nicht tun.«

»Okay. Dann zisch ab.«

Er ging zur Tür, dann blieb er stehen und wandte sich um. Wenn man sich bei ihm auf eines verlassen konnte, dann war es seine Widerspenstigkeit. Ich wünschte verzweifelt, daß er verschwand, denn mein Unterleib schien wieder in Flammen zu stehen, aber jetzt wollte er anscheinend nicht gehen.

»Ist alles in Ordnung, Paul?« fragte er. »Hast du vielleicht Fieber? Eine Grippe eingefangen? Dein Gesicht ist schweißnaß.«

»Ich habe mir vielleicht etwas eingefangen, aber sonst geht es mir prima«, sagte ich. »Geh, Percy, und berichte dem Direktor, was passiert ist.«

Er nickte und ging – Gott sei Dank für diese kleinen Gefälligkeiten. Als die Tür hinter ihm ins Schloß fiel, rannte ich in mein Büro. Es verstieß gegen die Vorschriften, das Wachpult unbesetzt zu lassen, aber das interessierte mich jetzt nicht. Die Schmerzen waren wieder so schlimm wie am Morgen.

Ich schaffte es, in die kleine Toilettenkabine hinten in meinem Büro zu gelangen und mein Ding aus der Hose zu holen, bevor der Urin hervorströmte, aber es war knapp. Ich mußte eine Hand auf den Mund pressen, um einen Schrei zu unterdrücken, als der Strahl zu fließen begann, und mit der anderen Hand griff ich blindlings nach dem Waschbecken, um mich abzustützen. Es war nicht wie bei mir zu Hause, wo ich neben dem Holzstapel beim Plumpsklo auf die Knie fallen und eine Lache pinkeln konnte, die im Boden versickerte; hier würde der Urin über den ganzen Boden laufen.

Es gelang mir, mich auf den Beinen zu halten und nicht zu schreien, aber beides schaffte ich nur knapp. Ich hatte das Gefühl, daß mein Urin mit winzigen Glassplittern durchsetzt war. Der Geruch, der aus der Toilette aufstieg, war widerlich, und ich sah etwas Weißes – Eiter, nehme ich an – oben auf dem Wasser schwimmen.

Ich nahm das Handtuch vom Halter und wischte mir das Gesicht ab. Ja, ich schwitzte; der Schweiß strömte nur so aus mir heraus. Ich schaute in den Spiegel und sah das Gesicht eines Mannes mit hohem Fieber. Vierzig Grad Celsius? Einundvierzig? Vielleicht besser, es nicht zu wissen. Ich hängte das Handtuch zurück, betätigte die Wasserspülung und ging langsam zurück durch mein Büro zur Tür des Zellentrakts. Ich befürchtete, Bill Dodge oder sonst jemand könnte aufgetaucht sein und gesehen haben, daß drei Gefangene unbeaufsichtigt waren, aber es war niemand da. Wharton lag immer noch bewußtlos auf seiner Pritsche, Delacroix war wieder still, und John Coffey hatte überhaupt keinen einzigen Laut von sich gegeben, wie mir plötzlich auffiel. Keinen Piepser. Das war beunruhigend.

Ich ging über die Green Mile hinunter und

spähte in Coffeys Zelle, erwartete fast zu entdecken, daß er Selbstmord auf eine der beiden üblichen Weisen im Todestrakt begangen hatte – sich entweder mit seiner Hose aufgehängt oder sich die Pulsadern aufgebissen hatte.

Nichts von beidem, wie sich herausstellte. Coffey saß nur auf dem Ende seiner Pritsche und hielt die Hände im Schoß. Der größte Mann, den ich je gesehen hatte, schaute mich mit seinen sonderbaren feuchten Augen an.

»Captain?« fragte er.

»Was ist los, großer Junge?«

»Ich muß Sie sehen.«

»Siehst du mich nicht direkt vor dir, John Coffey?«

Er sagte nichts dazu, musterte mich nur weiter mit seinem merkwürdigen feuchten Blick. Ich seufzte.

»Gleich, großer Junge.«

Ich schaute hinüber zu Delacroix, der an den Gitterstäben seiner Zelle stand. Mr. Jingles, seine geliebte Maus (Delacroix würde behaupten, daß er Mr. Jingles Tricks beigebracht hatte, aber wir, die auf der Green Mile arbeiteten, waren ziemlich einhellig der Meinung, daß Mr. Jingles sich selbst dressiert hatte), sprang von Dels einem ausgestreckten Arm auf den anderen, hin und her, wie ein Akrobat hoch oben in der Zirkuskuppel von einer Plattform auf die andere springt. Seine Augen waren riesig, die Ohren waren an seinen schlanken grauen Schädel angelegt. Für mich gab es keinen Zweifel, daß die Maus auf Delacroix' Nerven reagierte. Während ich sie beobachtete, flitzte sie an seinem Hosenbein hinab und durch die Zelle zu der leuchtendbunt bemalten Rolle, die vor einer Wand lag. Die Maus schob die Rolle bis zu Delacroix' Fuß und schaute eifrig zu ihm auf, doch der kleine Cajun schenkte seinem Freund keine Beachtung, jedenfalls im Augenblick nicht.

»Was war los, Boß?« fragte Delacroix. »Wer sich verletzen? Ich 'abe nicht können sehen.«

»Alles ist bestens«, erwiderte ich. »Unser neuer Junge kam herein wie ein Löwe, aber jetzt schläft er wie ein Lamm. Ende gut, alles gut.«

»Ist noch nicht vorüber«, sagte Delacroix und schaute den Gang entlang in Richtung von Whartons Zelle. »*L'homme mauvais, c'est vrai!*«

»Keine Sorge, Del«, antwortete ich beruhigend. »Niemand wird von dir verlangen, daß du auf dem Hof mit ihm seilspringst.«

Hinter mir knarrte es, als Coffey von seiner Pritsche aufstand. »Boß Edgecombe«, sagte er. Diesmal klang es drängend. »Ich muß mit Ihnen reden!«

Ich wandte mich ihm zu. Okay, kein Problem, dachte ich, Reden gehört zu meinem Job. Und die ganze Zeit bemühte ich mich, nicht zu zittern, denn ich fror trotz des Fiebers. Abgesehen von meinem Unterleib. Ich hatte immer noch das Gefühl, er sei aufgeschlitzt, mit glühenden Kohlen gefüllt und wieder zugenäht worden.

»Also rede, John Coffey«, sagte ich und bemühte mich um einen unbeschwerten und ruhigen Tonfall. Zum erstenmal seit seiner Ankunft in Block E wirkte Coffey, als wäre er wirklich hier, tatsächlich unter uns. Der fast stetige Tränenfluß aus seinen Augenwinkeln war versiegt, wenigstens vorübergehend, und ich wußte, daß er sah, was er anschaute – Mr. Paul Edgecombe, Boß der Wärter von Block E –, und nicht irgendeinen Ort, an den er zurückzukehren wünschte, um das Schreckliche, was er getan hatte, ungeschehen zu machen.

»Nein«, sagte er, »Sie müssen hier rein kommen.«

»Du weißt, daß ich das nicht tun kann«, erwiderte ich, immer noch um einen lockeren Tonfall bemüht, »wenigstens nicht in diesem Augenblick. Ich bin vorübergehend allein hier, und du bist mindestens anderthalb Tonnen schwerer als ich. Wir hatten heute schon Theater, und das reicht. Also werden wir einfach einen Plausch durch die Gitterstäbe halten, wenn es dir nichts ausmacht, und ...«

»Bitte!« Er umklammerte die Gitterstäbe so fest, daß seine Knöchel und die Fingernägel weiß wurden. Sein Gesicht war tiefbetrübt, und diese sonderbaren Augen spiegelten ein Verlangen wider, das ich nicht verstehen konnte. Ich erinnere mich, daß ich dachte, ich hätte es vielleicht verstehen können, wenn ich nicht so krank gewesen wäre, und daß ich ihm dann hätte helfen können. Wenn man weiß, was ein Mensch braucht, dann kennt man den Menschen meistens. »Bitte, Boß Edgecombe! *Sie müssen reinkommen!*«

Das ist das Verrückteste, das ich je gehört habe, dachte ich, und dann wurde mir etwas noch Verrückteres klar: Ich würde es tun. Ich nahm mein Schlüsselbund vom Gürtel und suchte nach dem Schlüssel für John Coffeys Zelle. Er hätte mich sogar schnappen und wie Brennholz über dem Knie zerbrechen können, wenn ich gut drauf gewesen wäre und mich prima gefühlt hätte, aber das war an diesem Tag nicht der Fall. Trotzdem würde ich es tun. Weniger als eine halbe Stunde nach der anschaulichen Demonstration, wohin Blödheit und Laxheit führen können, wenn man es mit zum Tode verurteilten Mördern zu tun hat, würde ich die Zelle dieses schwarzen Riesen allein öffnen, eintreten und mich zu ihm setzen. Wenn das jemand sah, konnte ich meinen Job verlieren, auch wenn Coffey nichts Verrücktes anstellte, aber ich würde es trotzdem tun.

Halt, sagte ich mir, *sei vernünftig, Paul*. Aber ich war es nicht. Ich benutzte einen Schlüssel für das obere Schloß, einen anderen für das untere, dann schob ich die Tür in ihrer Schiene zur Seite.

»Wissen Sie, Boß, das sein vielleicht keine so gute Idee«, meinte Delacroix so nervös und besorgt, daß ich unter anderen Umständen vielleicht darüber gelacht hätte.

»Kümmer dich um deine Angelegenheiten, und ich kümmere mich um meine«, sagte ich, ohne mich zu ihm umzuschauen. Mein Blick war starr auf John Coffeys Augen gerichtet, und ich hatte das Gefühl, daß meine Augen wie festgenagelt waren. Es war, als würde ich hypnotisiert. Meine Stimme klang in meinen Ohren wie ein Echo, das durch ein langes Tal hallt. Hölle und Teufel, ich wurde vielleicht *tatsächlich* hypnotisiert. »Leg dich einfach hin, Del, und ruh dich aus.«

»O 'err im 'immel, diese Knast ist verrückt«, sagte Delacroix mit bebender Stimme. »Mr. Jingles, ich fast wünsche, sie braten mich, und ich 'abe es 'inter mir!«

Ich ging in Coffeys Zelle. Er wich zurück, als ich näher trat. Als er gegen seine Pritsche stieß – mit den Waden, so groß war er –, setzte er sich darauf. Er klopfte auf die Matratze neben sich, und sein Blick ließ mich nicht los. Ich setzte mich neben ihn, und er legte einen Arm um meine Schultern, als wären wir im Kino und ich wäre sein Mädchen.

»Was willst du, John Coffey?«, fragte ich und schaute immer noch in seine Augen – in diese traurigen, ernsten Augen.

»Ich will nur helfen«, sagte Coffey. Er seufzte wie jemand, der sich mit einer Aufgabe konfrontiert sieht, die er nicht gern erledigt, und dann berührte er mich in meinem Schritt, gerade oberhalb meines Penis, auf dem Knochen, der eine Handbreite unter dem Nabel liegt.

»Hey!« rief ich. »Nimm deine verdammte Hand ...«

In diesem Augenblick durchfuhr mich etwas wie ein Blitzschlag, ein starker, aber nicht schmerzhafter Schlag. Ich machte einen Satz auf der Pritsche und krümmte mich, und ich mußte daran denken, wie der alte Toot-Toot sich bei unserer Probe auf dem heißen – in diesem Fall noch kalten – Stuhl aufgebäumt und gejohlt hatte. »Ich brate, ich brate, ich bin ein gebratener

Truthahn!« Ich fühlte keine Hitze, keine Elektrizität, aber für einen Moment schien alles die Farbe zu verlieren, als ob die Welt irgendwie ausgequetscht und zum Schwitzen gebracht wurde. Ich konnte jede Pore in John Coffeys Gesicht sehen, ich konnte jedes geplatzte Äderchen in seinen jetzt gehetzt blickenden Augen sehen, ich konnte einen winzigen heilenden Kratzer auf seinem Kinn sehen. Mir wurde bewußt, daß meine Hände, wie Krallen gekrümmt, erhoben waren und meine Füße auf den Boden von Coffeys Zelle trommelten.

Dann war es vorüber. Ebenso wie meine Blaseninfektion. Die Hitze und der elende pochende Schmerz waren aus meinem Unterleib verschwunden, und das Fieber war auch fort aus meinem Kopf. Ich spürte noch den Schweiß, den das Fieber aus meiner Haut gesogen hatte, ich konnte ihn auch riechen, aber es war vorüber.

»Was ist los?« rief Delacroix schrill. Seine Stimme klang immer noch wie aus weiter Ferne, aber als sich John Coffey vorneigte, den Blickkontakt mit mir brach, klang die Stimme des kleinen Cajun plötzlich laut und klar. Es war, als ob mir jemand Wattepfropfen aus den Ohren gezogen hätte. »Was macht er mit Ihnen?«

Ich gab keine Antwort. Coffey hatte sich vorgebeugt, in seinem Gesicht arbeitete es, und sein Hals wirkte angeschwollen. Die Augen quollen fast aus den Höhlen. Er wirkte wie ein Mann, dem ein Hühnerknochen in der Kehle steckengeblieben ist.

»John!« sagte ich. Ich klopfte ihm auf den

Rücken, das war alles, was mir einfiel. »John, was ist los?«

Er zuckte unter der Berührung meiner Hand zusammen. Dann stieß er einen unangenehmen würgenden Laut aus. Sein Mund öffnete sich, wie manchmal Pferde das Maul öffnen, um widerstrebend das Zaumzeug zuzulassen – die Lippen in einer Art verzweifeltem, höhnischem Grinsen von den Zähnen zurückgezogen. Dann öffneten sich auch seine Zahnreihen, und er atmete eine Wolke winziger schwarzer Insekten aus, die wie Mücken aussahen. Das dachte ich jedenfalls damals. Sie schwirrten wild zwischen seinen Knien, wurden weiß und verschwanden.

Plötzlich wich alle Kraft aus meinem Unterleib. Es kam mir vor, als wären die Muskeln zu Wasser geworden. Ich sank zurück gegen die Wand von Coffeys Zelle. Ich erinnere mich, daß ich an den Namen des Erlösers dachte – Christus, Christus, Christus, immer wieder –, und ich weiß noch, daß ich dachte, das Fieber hätte mich ins Delirium getrieben. Das war alles.

Dann wurde mir bewußt, daß Delacroix, so laut er konnte, um Hilfe brüllte; er teilte der Welt mit, daß John Coffey dabei war, mich zu töten. Sicher, Coffey neigte sich über mich, aber nur, um sich zu vergewissern, daß mit mir alles in Ordnung war.

»Halt die Klappe, Del«, sagte ich und stand auf. Ich wartete auf den Schmerz, der wieder durch meinen Unterleib schießen würde, doch das war nicht der Fall. Mir ging es besser. Wirklich. Ich war noch einen Moment benommen, aber die Benommenheit ließ schon nach, bevor ich mich an einen Gitterstab der Zellentür klammern konnte, um mich zu stützen. »Mir geht es prima.«

»Sie sollten rausgehen«, sagte Coffey und klang wie eine nervöse alte Frau, die einem Lausebengel rät, vom Apfelbaum runterzuklettern. »Sie sollten hier nicht drin sein, wenn sonst niemand im Block ist.«

Ich schaute John Coffey an, der auf der Pritsche saß und seine gewaltigen Hände auf die baumstumpfartigen Knie stützte. John Coffey erwiderte meinen Blick. Er mußte den Kopf ein wenig anheben, aber nicht viel.

»Was hast du gemacht, großer Junge?« fragte ich leise. »Was hast du mit mir gemacht?«

»Geholfen«, sagte er. »Ich habe geholfen, nicht wahr?«

»Ja, das nehme ich an, aber *wie? Wie* hast du mir geholfen?«

Er schüttelte den Kopf auf seine typische Art nach rechts, nach links und zurück zur Mitte. Er wußte nicht, wie er mir geholfen hatte (wie er mich *geheilt* hatte), und seine gelassene Miene ließ darauf schließen, daß es ihm auch völlig gleichgültig war – so gleichgültig, wie mir die Mechanik des Laufens war, wenn ich auf den letzten fünfzig Yard bei einem 4.Juli-Lauf über zwei Meilen führte. Ich spielte mit dem Gedanken, ihn zu fragen, woher er überhaupt gewußt hatte, daß ich krank gewesen war, doch er hätte zweifellos mit dem gleichen Kopfschütteln geantwortet.

Es gibt eine Formulierung, die ich irgendwo gelesen und nie vergessen habe, etwas über »ein Rätsel, das in einem Geheimnis verborgen ist«. Das traf auf John Coffey zu, und ich nehme an, er konnte nachts nur deshalb schlafen, weil es ihm gleichgültig war. Percy bezeichnete ihn als Idioten, was hart, aber nicht sehr weit von der Wahrheit entfernt war. Unser großer Junge kannte seinen Namen und wußte, daß er anders geschrieben wurde als das Getränk, und das war so ziemlich alles, was ihn interessierte.

Als wollte er mir das bestätigen, schüttelte er ein weiteres Mal auf diese bedächtige Art den Kopf und legte sich dann mit dem Gesicht zur Wand, die Hände wie ein Kissen unter seiner linken Wange, auf die Pritsche. Seine Beine hingen vom Schienbein an über die Pritsche hinaus, aber das störte ihn anscheinend nicht. Sein Hemd war am Rücken hochgerutscht, und ich konnte die Narben sehen, die seine Haut überzogen.

Ich verließ die Zelle, schloß die Tür oben und unten ab und wandte mich Delacroix zu, der schräg gegenüber auf der anderen Seite des Gangs stand, die Hände um die Gitterstäbe seiner Zelle klammerte und mich besorgt anschaute. Vielleicht sogar furchtsam. Mr. Jingles kauerte auf seiner Schulter, und seine feinen Barthaare zuckten. »Was 'at diese schwarze Mann mit Ihnen getan?« fragte Delacroix. »Was 'at gezaubert? 'at er Boß ver-h-ext?« Der Teufel wußte, wie der kleine Franzose auf einmal das »H« schaffte.

»Ich weiß nicht, wovon du redest, Del.«

»Ach, zum Teufel! Sehen Sie sich an! Alles verändert. Sogar gehen anders, Boß!«

Ich ging vermutlich tatsächlich anders. Es war ein schönes Gefühl der Ruhe in meinem Unterleib, ein so ungewöhnliches Gefühl des Friedens, daß es an Verzückung grenzte – jeder, der sich schon mal von derartig schlimmen Schmerzen erholt hat, wird wissen, wovon ich rede.

»Es ist wirklich alles in Ordnung, Del«, beteuerte ich. »John Coffey hatte einen Alptraum, das ist alles.«

»Er ist Zaubermann!« sagte Delacroix heftig. Schweißperlen standen auf seiner Oberlippe. Er hatte nicht viel gesehen, gerade genug, um sich zu Tode zu erschrecken. »Er ist Voodoo-Mann!«

»Wie kommst du darauf?«

Delacroix griff auf die Schulter und nahm die Maus in die Hand. Er umfaßte sie mit der Handfläche und hob sie an sein Gesicht. Mit der freien Hand nahm Delacroix etwas Pinkfarbenes aus der Hosentasche – eines dieser Pfefferminzbonbons. Er hielt es hoch, doch zuerst ignorierte es die Maus, streckte statt dessen den Kopf zu dem Mann hin und schnüffelte an seinem Atem, wie ein Mensch vielleicht an einem Blumenstrauß riecht. Seine kleinen schwarzen Augen schlossen sich fast mit einem Ausdruck der Verzückung. Delacroix küßte die Nase der Maus, und sie erlaubte ihm das. Dann nahm sie das angebotene Pfefferminzbonbon und begann zu mampfen. Delacroix sah der Maus noch einen Augenblick lang zu und schaute dann mich an. Und plötzlich kapierte ich es.

»Mr. Jingels hat es dir geflüstert«, sagte ich. »Richtig?«

»*Oui.*«

»Wie er dir seinen Namen geflüstert hat.«

»*Oui.* In meine Ohr geflüstert.«

»Leg dich hin, Del«, sagte ich. »Ruh dich ein bißchen aus. All diese Flüsterei muß dich erschöpft haben.«

Er murmelte noch etwas – beschuldigte mich, ihm nicht zu glauben, nehme ich an. Seine Stimme klang wieder wie aus weiter Ferne. Und als ich zum Wachpult zurückging, hatte ich das Gefühl, überhaupt nicht den Boden zu berühren – es war mehr ein Schweben oder vielleicht überhaupt keine Bewegung; die Zellen rollten einfach an mir vorbei wie Filmkulissen auf versteckten Rädern.

Ich wollte mich ganz normal hinsetzen, aber auf halbem Weg gaben meine Knie nach, und ich plumpste auf das blaue Kissen, das Harry vor einem Jahr von zu Hause mitgebracht hatte, um weicher zu sitzen. Wenn der Stuhl nicht dort gestanden hätte, wäre ich vermutlich auf den Boden gekracht.

So saß ich aber auf dem Stuhl und spürte die Ruhe in meinem Unterleib, in dem noch vor knapp zehn Minuten ein Waldbrand gewütet hatte. *Ich habe geholfen, nicht wahr?* hatte John Coffey gesagt, und das stimmte, was meinen Körper anbetraf. Mein Seelenfriede war jedoch eine andere Geschichte. *Dem* hatte er überhaupt nicht geholfen.

Mein Blick fiel auf den Stapel Formulare unter

dem Blechaschenbecher, der auf der Ecke des Wachpults stand. BLOCK-BERICHT stand oben auf den Formularen, und in der Mitte war eine freie Fläche mit der Überschrift: »Bericht über ungewöhnliche Vorfälle«. Ich würde die freie Fläche nutzen, um in meinem abendlichen Bericht die Geschichte von William Whartons lebhafter und ereignisreicher Ankunft zu erzählen. Aber angenommen, ich würde ebenfalls berichten, was mir in John Coffeys Zelle widerfahren war? Ich sah mich schon, wie ich den Bleistift aufnahm – denjenigen, an dessen Spitze Brutal stets leckte – und ein einziges Wort in Großbuchstaben schrieb: WUNDER.

Das hätte lustig sein sollen, doch statt zu lächeln, war ich plötzlich überzeugt, daß ich gleich heulen würde. Ich schlug die Hände vors Gesicht, drückte die Handflächen auf den Mund, um Schluchzer zu unterdrücken – ich wollte Del nicht von neuem erschrecken, nachdem er sich gerade erst ein wenig beruhigt hatte –, aber es kamen keine Schluchzer. Auch keine Tränen. Nach ein paar Minuten ließ ich meine Hände auf das Pult sinken und faltete sie. Ich wußte nicht, was ich empfand, und mein einziger klarer Gedanke war der Wunsch, daß niemand zurück zum Block kommen sollte, bis ich mich etwas besser unter Kontrolle hatte. Ich fürchtete, daß sie mir vielleicht etwas an meinem Gesicht ansehen könnten.

Ich zog ein Formular zu mir heran. Ich würde noch warten, bis ich mich ein bißchen beruhigt hatte, bevor ich aufschrieb, wie mein neues Problemkind beinahe Dean Stanton erwürgt hätte, aber ich konnte unterdessen den Rest des Bürokratie-Blödsinns ausfüllen. Ich dachte, meine Handschrift würde vielleicht komisch aussehen – zittrig –, aber sie sah ungefähr so aus wie immer.

Fünf Minuten später legte ich den Bleistift hin und ging in die Toilettenkabine, die an mein Büro grenzte, um zu pinkeln. Ich mußte nicht dringend, aber es würde reichen, um zu testen, was mit mir geschehen war. Als ich dort stand und auf den Strahl wartete, wuchs in mir die Überzeugung, daß es genauso schmerzen würde wie an diesem Morgen, als ich glaubte, winzige Glassplitter auszuscheiden; was Coffey mit mir angestellt hatte, würde sich als simple Hypnose herausstellen, und das wäre vielleicht trotz der Schmerzen beruhigender als alles andere.

Doch es kam kein Schmerz, und was in die Toilette floß, war klar, ohne Anzeichen auf Eiter. Ich knöpfte meinen Hosenschlitz zu, betätigte die Wasserspülung, kehrte an das Wachpult zurück und setzte mich wieder hin.

Ich wußte, was geschehen war. Ich nehme an, ich wußte es sogar, während ich mir einzureden versuchte, daß es Hypnose gewesen war. Ich hatte eine Heilung erlebt, eine authentische Wunderheilung im Namen Jesu, des Allmächtigen. Als Junge, der mit dem Besuch jeder Baptisten- oder Pfingstkirche aufgewachsen war, die bei meiner Mutter und ihren Schwestern zu bestimmten Monaten jeweils gefragt waren, hatte ich viel von Jesu Werk gehört, von den Wundergeschichten des Allmächtigen. Ich glaubte nicht alle, aber es gab viele Personen, denen ich glaubte. Eine davon war ein Mann namens Roy Delfines, der mit seiner Familie ungefähr zwei Meilen von uns entfernt wohnte, als ich zwölf oder so war. Delfines hatte seinem achtjährigen Sohn den kleinen Finger mit einem Beil abgehackt, ein Unfall, der passiert war, weil der Junge unerwartet die Hand bewegt hatte, als er für seinen Vater auf dem Hof ein Stück Holz auf dem Hackklotz gehalten hatte. Roy Delfines sagte, er hätte in diesem Herbst und Winter praktisch den Teppich mit den Knien abgescheuert, und im Frühjahr war der Finger des Jungen nachgewachsen. Sogar mit Nagel. Ich glaubte Roy Delfines, wenn er das bei den Dankgottesdiensten am Donnerstagabend bezeugte. Es lag eine schlichte Ehrlichkeit in seinen Worten, wenn er mit den Händen tief in den Taschen seiner Latzhose dastand und erzählte, und es war unmöglich, ihm *nicht* zu glauben.

»Es juckte ihn, als der Finger wuchs, und er konnte nachts nicht schlafen«, sagte Roy Delfines, »aber er wußte, daß Gott ihn kitzelte, und fand sich damit ab. Gelobt sei Jesus, der Herr ist allmächtig.«

Roy Delfines' Story war nur eine von vielen; ich wuchs in einer Tradition von Wundern und Heilungen auf. Ich glaubte ebenfalls an Zauberei: Sumpfwasser gegen Warzen, Moos unter dem Bettkissen gegen Liebeskummer und natürlich Zaubersprüche gegen und für alles mögliche – aber ich glaubte nicht, daß John Coffey ein Zauberer oder Hexer war.

Ich hatte ihm in die Augen gesehen. Noch wichtiger, ich hatte seine Berührung gespürt. Seine Berührung war die eines sonderbaren und wunderbaren Arztes gewesen.

Ich habe geholfen, nicht wahr?

Das ging mir nicht mehr aus dem Kopf, wie der Refrain eines Schlagers oder die Worte eines Zauberspruchs.

Ich habe geholfen, nicht wahr?

Doch das hatte *er* nicht. Gott hatte geholfen. John Coffeys Gebrauch der ersten Person war vermutlich eher Unwissenheit als Angeberei, aber ich wußte – glaubte es jedenfalls zu wissen –, was ich über Heilung in diesen »Gelobt sei Jesus, der Herr ist allmächtig«-Kirchen gelernt hatte und in den Herrgottswinkeln in den Pinienwäldern, die meine kaum zwanzigjährige Mutter und meine Tanten so liebten: Heilen hatte nie etwas mit dem Geheilten oder dem Heiler zu tun, sondern nur mit Gottes Willen. Daß man sich freut, wenn ein Kranker gesund wird, ist normal, die erwartete Reaktion, doch die geheilte Person hat bei den Fragen nach dem Warum eine Verpflichtung, über Gottes Willen nachzugrübeln und sich zu fragen, warum sich Gott so außergewöhnlich lange Zeit gelassen hat, um seinen Willen in die Tat umzusetzen.

Was wollte Gott in diesem Fall von mir? Was wollte er so sehr, daß er heilende Kräfte in die Hände eines Kindermörders legte? Daß ich in Block E war, anstatt hundeelend zu Hause im Bett zu liegen, zitternd und aus jeder Pore nach Sulfat stinkend? Vielleicht. Ich sollte vielleicht hier sein anstatt zu Hause, für den Fall, daß Wild Bill Wharton noch Schlimmeres anstellte, oder um dafür zu sorgen, daß Percy Wetmore nicht noch größere und möglicherweise verheerende Dummheiten machte. Also gut. So sei es. Ich würde die Augen offen und den Mund geschlossen halten, besonders, wenn es um Wunderheilungen ging.

Niemand würde sich wundern, daß ich besser und gesünder aussah. Ich hatte aller Welt gesagt, daß es mir besserging, und bis zu diesem Tag glaubte ich das wirklich. Sogar Direktor Moores hatte ich erzählt, daß ich auf dem Wege der Besserung sei. Delacroix hatte etwas gesehen, aber ich sagte mir, daß auch er den Mund halten würde (vermutlich aus Furcht, John Coffey würde ihn sonst verzaubern). Und Coffey selbst hatte es vermutlich bereits vergessen. Er war schließlich nur so etwas wie ein Kanal, und wenn der Regen aufgehört hat, erinnert sich kein Kanal der Welt mehr an das Wasser, das ihn durchflossen hat. So entschloß ich mich, über das Thema zu schweigen, und ich hatte nicht die blasseste Ahnung, wie bald ich die Geschichte erzählen würde – oder wem.

Aber ich wollte unbedingt mehr über meinen großen Jungen erfahren, und es hat keinen Sinn, das nicht zuzugeben. Nach dem, was mir dort in der Zelle widerfahren war, war ich neugieriger denn je.

4

Bevor ich an diesem Abend das Gefängnis verließ, vereinbarte ich mit Brutal, daß er mich am nächsten Tag vertreten würde, wenn ich etwas später zur Arbeit kommen sollte, und als ich am folgenden Morgen aufstand, machte ich mich auf den Weg nach Tefton unten im Trapingus County.

»Ich weiß nicht, ob es mir gefällt, daß du dir so viele Sorgen wegen dieses Coffey machst«, meinte meine Frau und gab mir das Lunchpaket mit, das sie vorbereitet hatte – Janice hielt nichts von Hamburgerbuden am Straßenrand; sie pflegte zu sagen, daß in jedem einzelnen Bauchschmerzen lauerten. »Das paßt gar nicht zu dir, Paul.«

»Ich mache mir keine Sorgen um ihn«, erwiderte ich. »Ich bin neugierig, das ist alles.«

»Nach meiner Erfahrung führt eins zum anderen«, antwortete Janice steif und gab mir einen liebevollen, innigen Kuß auf den Mund. »Du siehst wenigstens besser aus, das muß ich sagen. Eine Zeitlang hatte ich Angst um dich. Geht es besser mit deinem Wasserwerk?«

»Deutlich besser«, sagte ich, und schon fuhr ich los und sang dabei Songs wie »Come, Josephine, in My Flying Machine« und »We're in the Money«, um mir die Zeit zu vertreiben.

Als erstes ging ich in Tefton zu der Zeitung *Intelligencer,* und man sagte mir, daß Burt Hammersmith, der Mann, den ich suchte, höchstwahrscheinlich drüben im Gerichtsgebäude sei. Dort sagte man mir, daß Hammersmith dagewesen war, jedoch unfreiwillig Feierabend gemacht habe, weil ein Wasserrohrbruch das Hauptverfahren verhindert hatte, das zufällig ein Vergewaltigungsprozeß war (im *Intelligencer* würde das verpönte Wort »Vergewaltigung« als »tätliche Bedrohung einer Frau« umschrieben werden, so war das in jenen Tagen, bevor Ricki Lake und Carnie Wilson die Bühne betraten). Man nahm an, daß er nach Hause gefahren war.

Ich erhielt eine Wegbeschreibung und folgte einer unbefestigten Straße, die so zerfurcht und schmal war, daß ich sie kaum mit meinem Ford zu befahren wagte, und dann fand ich meinen Mann. Hammersmith hatte die meisten Artikel über den Coffey-Prozeß geschrieben, und von ihm erfuhr ich das Gros der Einzelheiten über die kurze Menschenjagd, bei der Coffey eingefangen worden war. Ich meine natürlich die Einzelheiten, die man beim *Intelligencer* für zu grauenhaft gehalten hatte, um sie zu veröffentlichen.

Mrs. Hammersmith war eine junge Frau mit einem hübschen, aber müden Gesicht, deren Hände rot von Seifenlauge waren. Sie stellte keine Fragen, sondern führte mich einfach durch ein kleines Haus, in dem es nach frisch gebackenem Kuchen duftete, und hinaus auf die hintere Veranda, auf der ihr Mann mit einer Flasche Brause in der Hand und einem zusammengefalteten Exemplar der Zeitschrift *Liberty* auf dem Schoß saß. Es gab einen kleinen abfallenden Hinterhof; an seinem Ende kabbelten sich zwei kleine Kinder bei einer Schaukel. Von der Veranda aus war ihr Geschlecht unmöglich zu bestimmen, doch ich vermutete, daß es ein Junge und ein Mädchen war. Vielleicht waren es sogar Zwillinge, was ein interessantes Licht auf die Rolle ihres Vaters warf, die er – wenn auch eher als Zaungast – bei Coffeys Prozeß gespielt hatte. Etwas näher, wie eine Insel inmitten eines Streifens aus kahlem, zertrampeltem und kotübersätem Boden, stand eine Hundehütte. Kein Zeichen von Fifi. Es war wieder ein heißer Tag, ungewöhnlich für die Jahreszeit, und ich nahm an, daß er vielleicht in der Hundehütte lag und Siesta hielt.

»Burt, du hast Besuch«, sagte Mrs. Hammersmith.

»Aha.« Er schaute mich an, sah seine Frau an und blickte wieder zu seinen Kindern, denen offensichtlich seine ganze Sorge galt. Er hatte schütteres Haar und war dünn – fast krankhaft mager, als hätte er sich gerade erst von einer schlimmen Krankheit erholt. Seine Frau legte eine rote, vom Waschen geschwollene Hand auf seine Schulter. Er berührte sie nicht, zeigte keinerlei Reaktion, und sie zog die Hand einen Moment später zurück. Es kam mir flüchtig in den Sinn, daß sie nicht wie ein Ehepaar, sondern eher wie Bruder und Schwester wirkten – er hatte den Verstand, sie das gute Aussehen, aber keiner konnte eine darunterliegende Ähnlichkeit leugnen, ein Erbe, dem man nie entkommen kann. Später auf der Heimfahrt wurde mir klar, daß sie sich in Wirklichkeit überhaupt nicht ähnelten; was den Eindruck erweckt hatte, waren die Nachwirkungen von Streß und fortdauerndem Kummer. Es ist sonderbar, wie Schmerz unsere Gesichter zeichnet und uns wie Verwandte wirken läßt.

Sie fragte: »Möchten Sie etwas Kaltes trinken, Mister . . .«

»Edgecombe«, sagte ich. »Paul Edgecombe. »Und danke. Ein kalter Drink wäre wunderbar, Ma'am.«

Sie ging ins Haus. Ich streckte Hammersmith meine Hand hin, und er schüttelte sie kurz. Sein Händedruck war schlaff und kalt. Er ließ die Kinder hinten auf dem Hof nie aus den Augen.

»Mr. Hammersmith, ich bin Superintendent in Block E der Strafvollzugsanstalt Cold Mountain. Das ist . . .«

»Ich weiß, was das ist«, sagte er und schaute mich jetzt mit etwas mehr Interesse an. »Das As der Wärter von der Green Mile steht also leibhaftig auf meiner Veranda. Was führt Sie die fünfzig Meilen hierher, um mit dem einzigen Vollzeit-Reporter der Lokalzeitung zu reden?«

»John Coffey«, sagte ich.

Ich denke, ich hatte eine starke Reaktion erwartet (die Kinder, die Zwillinge sein konnten, führten wohl zu der Annahme und vielleicht auch die Hundehütte; die Dettericks hatten auch einen Hund), aber Hammersmith hob nur die Augenbrauen und nippte an seiner Brause. »Coffey ist jetzt Ihr Problem, nicht wahr?« fragte er.

»Er ist kein großes Problem«, sagte ich. »Er hat Angst vor der Dunkelheit, und er heult oft, aber beides ist bei unserer Art Arbeit kein Problem. Wir erleben Schlimmeres.«

»Er heult viel?« fragte Hammersmith. »Nun, dazu hat er auch allen Grund, würde ich sagen, wenn man bedenkt, was er getan hat. Was wollen Sie wissen?«

»Alles, was Sie mir sagen können. Ich habe Ihre Zeitungsartikel gelesen, und jetzt möchte ich alles hören, was nicht in der Zeitung stand.«

Er blickte mich scharf an. »Zum Beispiel, wie die kleinen Mädchen aussahen? Was genau er ihnen angetan hat? Sind Sie an solchen Dingen interessiert, Mr. Edgecombe?«

»Nein«, erwiderte ich in mildem Tonfall. »Es sind nicht die Detterick-Mädchen, an denen ich interessiert bin, Sir. Die armen Kleinen sind tot. Aber Coffey ist es nicht – noch nicht –, und bin neugierig, etwas über ihn zu erfahren.«

»In Ordnung«, meinte er. »Ziehen Sie sich einen Stuhl heran, und nehmen Sie Platz, Mr. Edgecombe. Verzeihen Sie, wenn ich soeben ein wenig scharf geklungen habe, aber ich muß mich bei meinem Job mit vielen Geiern herumschlagen. Teufel, ich werde oft genug beschuldigt, selbst einer zu sein. Ich wollte nur sichergehen, daß Sie keiner dieser Blutsauger sind.«

»Sind Sie jetzt davon überzeugt?«

»Ja, ich denke schon.« Es klang fast gleichgültig. Die Geschichte, die er mir erzählte, deckt sich im großen und ganzen mit der, die ich im ersten Band erzählt habe – wie Mrs. Detterick die Veranda leer vorgefunden, die Tür aus den Angeln gerissen, die Decken in einer Ecke, Blut auf der Verandatreppe entdeckt hatte; wie ihr Sohn und Mann den Spuren des Entführers der Mädchen gefolgt waren; wie die Schar sie eingeholt und kurz darauf John Coffey gestellt hatte. Wie Coffey wehklagend am Flußufer gesessen hatte, während die Leichen auf seinen gewaltigen Armen wie große Puppen gelegen hatten. Der Reporter, der in seinem weißen Hemd mit offenem Kragen und der grauen Anzughose spindeldürr aussah, sprach mit leiser, leidenschaftsloser Stimme ..., doch er wandte den Blick nicht ein einziges Mal von seinen eigenen beiden Kindern ab, die sich im Schatten am Fuß des Hangs lachend beim Schaukeln ablösten. Irgendwann mitten in der Geschichte brachte Mrs. Hammersmith eine Flasche selbstgemachte Brause, die kalt war und köstlich schmeckte. Sie hörte eine Weile zu und unterbrach dann ihren Mann, um die Kinder zu rufen und anzukündigen, daß sie Kuchen im Backofen habe.

»Wir kommen, Mama!« antwortete eine Mädchenstimme, und die Frau ging wieder ins Haus.

Als Hammersmith zu Ende erzählt hatte, sagte er: »Warum wollen Sie das wissen? Ich hatte noch nie Besuch von einem Gefängniswärter, Sie sind der erste.«

»Ich sagte doch schon ...«

»Neugier, ja. Die Leute sind neugierig, das weiß ich, und ich danke sogar Gott dafür, denn sonst wäre ich arbeitslos und wüßte nicht, wie ich unseren Lebensunterhalt verdienen sollte. Aber fünfzig Meilen sind ein langer Weg, nur um Neugier zu befriedigen, besonders wenn die letzten zwanzig über schlechte Straßen führen. Warum sagen Sie also nicht die Wahrheit, Edgecombe? Ich habe Ihre Neugier befriedigt, also befriedigen Sie jetzt meine.«

Ich könnte sagen: *Nun, ich hatte diese Blaseninfektion, und John Coffey legte mir eine Hand auf und heilte sie. Der Mann, der diese beiden Mädchen vergewaltigt und ermordet hat, tat das. Deshalb interessiere ich mich natürlich für ihn – jeder wäre da neugierig geworden. Ich frage mich sogar, ob Sheriff Homer Cribus und Deputy Rob McGee vielleicht den falschen Mann verhaftet haben. Trotz all der Beweise gegen ihn frage ich mich das. Denn einen Mann mit der Gabe eines Heilers hält man für gewöhnlich nicht für den Typ, der Kinder vergewaltigt und ermordet.*

Nein, das wäre vielleicht nicht der richtige Ansatz.

»Zwei Fragen beschäftigen mich«, sagte ich. »Die erste Frage ist: Hat er jemals zuvor so etwas getan?«

Hammersmith wandte sich mir zu, und sein Blick spiegelte plötzlich Interesse wider. Er *war* ein kluger Mann. Vielleicht sogar ein brillanter Mann, auf seine stille Art. »Warum?« fragte er. »Was wissen Sie, Edgecombe? Was hat er gesagt?«

»Nichts. Aber ein Mann, der so etwas tut, hat es für gewöhnlich vorher schon getan. Sie kommen auf den Geschmack.«

»Ja«, sagte Hammersmith. »So ist es. Ganz richtig.«

»Und es kam mir in den Sinn, daß man leicht seinen Weg zurückverfolgen und es herausfinden könnte. Bei einem Mann seiner Größe, obendrein einem Schwarzen, kann das nicht so schwierig sein.«

»Wenn Sie das denken, irren Sie sich«, sagte Hammersmith. »In Coffeys Fall jedenfalls. Ich weiß es.«

»Sie haben es versucht?«

»Das habe ich, und ich habe nichts gefunden. Es gab ein paar Typen von der Eisenbahn, die glaubten, ihn auf dem Bahnhof in Knoxville gesehen zu haben – zwei Tage vor der Ermordung der Detterick-Mädchen. Das ist keine Überraschung; er befand sich am Fluß in der Nähe der Gleise der Great Southern, als er festgenommen wurde, also ist er vermutlich mit der Eisenbahn von Tennessee herunter gekommen. Ich erhielt einen Brief von einem Mann, der mir mitteilte, daß er einen großen kahlköpfigen Schwarzen im Frühjahr dieses Jahres angeheuert hatte, um Kisten zu verladen – das war in Kentucky. Ich habe ihm ein Foto von Coffey geschickt, und er erkannte ihn darauf wieder. Aber sonst ...« Hammersmith zuckte die Achseln und schüttelte den Kopf.

»Kommt Ihnen das nicht ein bißchen merkwürdig vor?«

»Das kommt mir *äußerst* merkwürdig vor, Mr. Edgecombe. Er scheint vom Himmel gefallen zu sein. Und er ist keine Hilfe; er kann sich an nichts erinnern, hat von einer Woche zur nächsten alles vergessen.«

»Stimmt«, sagte ich, »und wie erklären Sie das?«

»Wir haben eine Wirtschaftskrise«, sagte er. »Das ist für mich die Erklärung. Die Leute sind überall auf den Straßen. Die landwirtschaftlichen Wanderarbeiter wollen in Kalifornien Pfirsiche pflücken, die armen Weißen vom Bergbau wollen in Detroit Autos bauen, die Schwarzen aus Mississippi wollen nach New England gehen und in den Schuh- und Textilfabriken arbeiten. Jeder – Schwarze wie Weiße – meint, es wird jenseits des nächsten Landstreifens besser. Das ist die verdammte amerikanische Lebensart. Selbst ein Riese wie Coffey fällt niemandem auf, weil sich so viele Leute herumtreiben . . ., es sei denn, er entschließt sich, zwei kleine Mädchen umzubringen. Kleine *weiße* Mädchen.«

»Glauben Sie das?« fragte ich skeptisch. »Ich meine, daß er nur auffällt, wenn er *weiße* Mädchen umbringt?«

Er blickte mich aus seinem schmalen Gesicht kühl an. »Manchmal glaube ich das, ja.«

Seine Frau neigte sich aus dem Küchenfenster wie ein Lokführer aus dem Führerstand einer Lok und rief: *»Kinder! Der Kuchen ist fertig!«* Dann wandte sie sich an mich. »Möchten Sie ein Stück Rosinenkuchen, Mr. Edgecombe?«

»Ich bin überzeugt, daß er köstlich ist, Ma'am, aber ich muß passen.«

»In Ordnung«, sagte sie und zog sich zurück.

»Haben Sie seine Narben gesehen?« fragte Hammersmith unvermittelt. Er beobachtete immer noch seine Kinder, die sich noch nicht ganz dazu durchringen konnten, den Spaß des Schaukelns aufzugeben – auch nicht für Rosinenkuchen. »Ja.« Es überraschte mich, daß er sie gesehen hatte.

Er bemerkte meine Reaktion und lachte. »Der einzige große Sieg des Verteidigers bestand darin, daß Coffey sein Hemd ausziehen und diese Narben den Geschworenen zeigen durfte. Der Ankläger, George Peterson, erhob äußerst heftig Einspruch, doch der Richter ließ es zu. Der gute George hätte sich den Atem sparen können – in dieser Gegend kaufen Geschworene niemandem diesen psychologischen Scheiß ab, daß Leute, die mißhandelt wurden, nichts dafür können, wenn sie ein Verbrechen begehen. Die Jurys in dieser Gegend glauben, daß sie sehr wohl für ihre Taten verantwortlich sind. Das ist ein Gesichtspunkt, für den ich viel Verständnis habe ..., aber diese Narben waren wirklich gräßlich. Ist Ihnen etwas daran aufgefallen, Edgecombe?«

Ich hatte Coffey nackt unter der Dusche gesehen, und es war mir etwas an den Narben aufgefallen; ich wußte, was Hammersmith meinte. »Sie sind alle zerrissen, sehen fast wie ein Gitter aus.«

»Sie wissen, was das bedeutet?«

»Jemand hat ihn brutal ausgepeitscht, als er ein Kind war«, sagte ich. »Bevor er gewachsen ist.«

»Aber man hat es nicht geschafft, den Teufel aus ihm herauszupeitschen, nicht wahr, Edgecombe? Man hätte sich das Peitschen sparen und ihn statt dessen im Fluß ersäufen sollen wie eine streunende Katze, finden Sie das nicht auch?«

Ich nehme an, es wäre diplomatisch gewesen, ihm einfach zuzustimmen und zu verschwinden, aber das konnte ich nicht. Ich hatte Coffey gesehen. Und ich hatte ihn gespürt. Hatte die Berührung seiner Hände gespürt.

»Er ist … sonderbar«, sagte ich. »Aber er scheint keine wirklichen gewalttätigen Züge zu haben. Ich weiß, wie er gefunden wurde, und das ist unvereinbar mit dem, was ich Tag für Tag im Block von ihm sehe. Ich kenne gewalttätige Männer, Mr. Hammersmith.« Ich dachte natürlich an Wharton, der Dean Stanton mit der Kette seiner Handfesseln gewürgt und gebrüllt hatte: *»Jucheee, Jungs! Das ist 'ne Party, was?«*

Hammersmith schaute mich jetzt genauer an und zeigte ein kleines ungläubiges Lächeln, das mir nicht sonderlich behagte. »Sie sind nicht hergekommen, um herauszufinden, ob er in einer anderen Gegend weitere kleine Mädchen ermordet hat oder nicht«, sagte er. »Sie sind hergekommen, um festzustellen, ob ich denke, daß er es überhaupt getan hat. Das ist es, nicht wahr? Geben Sie es zu, Edgecombe.«

Ich schluckte den Rest meiner kalten Brause, stellte die Flasche neben seine auf den kleinen Tisch und sagte: »Und? Glauben Sie es?«

»Kinder!« rief er den kleinen Hang hinab und beugte sich ein wenig vor. *»Kommt sofort her und holt euch euren Kuchen!«* Dann lehnte er sich auf dem Stuhl zurück und schaute mich an. Dieses kleine Lächeln – das, was mir nicht behagte – war wieder auf seinem zu schmalen Gesicht.

»Ich will Ihnen etwas erzählen«, kündigte er an. »Hören Sie gut zu, denn dies könnte etwas sein, das Sie wissen müssen.«

»Ich höre.«

»Wir hatten einen Hund namens Sir Galahad«, begann er und wies mit dem Daumen zur Hundehütte. »Er war ein guter Hund. Nicht reinrassig, aber sanft. Ruhig. Leckte einem die Hand oder apportierte einen Stock. Es gibt viele solche Mischlingshunde, meinen Sie nicht auch?«

Ich zuckte mit den Schultern und nickte.

»In vielerlei Hinsicht ist eine gute Promenadenmischung wie Ihr Neger«, sagte er. »Man wird vertraut mit ihm, und oftmals liebt man ihn. Er ist von keinem besonderen Nutzen, aber man hält ihn, weil man *denkt*, er liebt einen ebenfalls. Wenn Sie Glück haben, Mr. Edgecombe, werden Sie nie eine andere Erfahrung machen. Cynthia und ich, wir hatten dieses Glück nicht.« Er seufzte – ein langgezogener, hohler Laut, als raschelte Laub im Wind. Er wies wieder zu der Hundehütte, und ich fragte mich, weshalb mir vorher entgangen war, daß sie verlassen wirkte und die Kothäufchen verblaßt und oben pulvrig waren.

»Ich pflegte hinter ihm sauberzumachen und das Dach der Hütte zu reparieren, damit es nicht reinregnet«, sagte Hammersmith. »In dieser Hinsicht war Sir Galahad ebenfalls wie Ihr Neger aus dem Süden, der diese Dinge nicht selbst tun will. Jetzt rühre ich nichts mehr dort an, ich war nicht mal mehr in der Nähe der Hundehütte seit dem Unfall ..., wenn man es als Unfall bezeichnen kann. Ich ging mit meinem Gewehr dorthin und erschoß ihn, aber seither war ich nicht mehr dort. Ich kann mich einfach nicht dazu überwinden.

Ich nehme an, irgendwann werde ich es wieder schaffen. Ich werde seine Scheiße entfernen und die Hütte abreißen.«

Da kamen die Kinder, und auf einmal wollte ich nicht, daß sie kamen; auf einmal war es das letzte auf der Welt, das ich wollte. Das kleine Mädchen war in Ordnung, aber der Junge ...

Sie stürmten die Verandatreppe herauf, sahen mich an, kicherten und wollten weiter zur Küchentür laufen.

»Caleb«, rief Hammersmith. »Komm her. Nur für einen Moment.«

Das kleine Mädchen – gewiß seine Zwillingsschwester (sie mußten im selben Alter sein, ungefähr vier) – eilte weiter zur Küche. Der kleine Junge kam zu seinem Vater und schaute zu Boden. Er wußte, daß er häßlich war. Er war erst vier, schätze ich, aber mit vier ist man alt genug, um zu wissen, daß man häßlich ist. Sein Vater schob zwei Finger unter das Kinn des Jungen und wollte seinen Kopf anheben. Zuerst widersetzte sich der Junge, doch als sein Vater zärtlich, ruhig und liebevoll »Bitte, Sohn« sagte, hob er den Kopf.

Eine große kreisförmige Narbe verlief vom Haaransatz über die Stirn durch ein totes und schiefes Auge bis zum Mundwinkel, der entstellt war und das anzügliche Grinsen eines Spielers oder vielleicht Zuhälters zeigte. Eine Wange war glatt und schön; die andere war von wulstigen Narben entstellt. Ich nehme an, daß ein Loch darin gewesen war, aber das war wenigstens geheilt.

»Er hat noch ein Auge«, sagte Hammersmith und streichelte liebevoll über die verunstaltete Wange des Jungen. »Ich nehme an, er kann sich glücklich schätzen, weil er nicht blind geworden ist. Wir knien uns nieder und danken Gott wenigstens dafür. Nicht wahr, Caleb?«

»Ja, Sir«, sagte der Junge scheu – der Junge, der von lachenden Kindern auf dem Spielplatz in all seinen elenden Schuljahren gnadenlos verspottet werden würde, der Junge, der nie zum Mitspielen gebeten und im Mannesalter vielleicht nie mit einer Frau schlafen würde, ohne sie bezahlen zu müssen, der Junge, der immer außerhalb des warmen und hellen Kreises anderer stehen würde, der Junge, der sich in den nächsten fünfzig oder sechzig oder siebzig Jahren seines Lebens im Spiegel betrachten und denken würde: *häßlich, häßlich, häßlich.*

»Geh und hol dir deinen Kuchen«, sagte der Vater und küßte seinen Sohn auf den schiefen, höhnisch grinsenden Mund.

»Ja, Sir«, sagte Caleb und flitzte in die Küche.

Hammersmith nahm ein Taschentuch aus der Hosentasche und wischte sich über die Augen – sie waren jetzt trocken, aber ich nehme an, er hatte sich daran gewöhnt, daß sie sonst feucht waren.

»Der Hund war hier, als die Kinder geboren wurden«, erzählte er. »Als Cynthia sie von der Klinik heimbrachte, ging ich mit ihnen zu der Hundehütte, damit er sie riechen konnte, und Sir Galahad leckte ihre Hände. Ihre kleinen Hände.« Er nickte, als wollte er sich das selbst bestätigen.

»Er spielte mit ihnen; pflegte Ardens Gesicht abzulecken, bis sie kicherte. Caleb zupfte ihn an den Ohren, und als er das Gehen lernte, hielt er sich manchmal an Galahad fest und watschelte über den Hof. Der Hund hat ihn nie auch nur *angeknurrt*. Beide Kinder nicht.«

Jetzt kamen die Tränen; er wischte sie automatisch fort wie jemand, der es so oft getan hatte, daß es ihm in Fleisch und Blut übergegangen war.

»Es gab keinen Grund«, sagte er. »Caleb hat ihm nichts getan, ihn nicht angeschrien, ihn nicht gereizt. Ich weiß es. Ich war dabei. Wenn ich nicht dabeigewesen wäre, dann hätte der Junge es höchstwahrscheinlich nicht überlebt. Es ist nichts geschehen, Mr. Edgecombe. Der Junge stand nur vor dem Gesicht des Hundes – und es kam Sir Galahad in den Sinn – was auch immer einem Hund als Sinn dient –, ihn anzuspringen und zu beißen. Zu töten, wenn möglich. Der Junge stand vor ihm, und der Hund biß. Und das geschah auch mit Coffey. Er war dort, sah die Mädchen auf der Veranda, schnappte sie sich, vergewaltigte sie, tötete sie. Sie sagen, es müßte irgendein Anzeichen darauf geben, daß er so etwas schon einmal getan hat, und ich weiß, was Sie meinen, aber vielleicht hat er es nie zuvor getan. Mein Hund hat nie jemanden zuvor gebissen; nur dieses eine Mal. Vielleicht würde Coffey es nie wiedertun, wenn man ihn freiließe. Vielleicht hätte mein Hund auch nie wieder gebissen. Aber darüber habe ich mir keine Gedanken gemacht, wissen Sie. Ich bin mit meinem Gewehr zu ihm gegangen und habe ihm den Kopf weggeschossen.« Er atmete schwer.

»Ich bin so vorurteilsfrei wie jeder andere auch, Mr. Edgecombe. War auf dem College in Bowling Green, habe Geschichte und Journalismus und auch etwas Philosophie studiert. Ich betrachte mich gern als relativ gebildet und aufgeklärt. Ich bezweifle, daß die Leute oben im Norden dem zustimmen würden, aber ich sehe mich gern so. Ich würde die Sklaverei um nichts in der Welt wieder einführen. Ich denke, wir müssen human und großzügig in unseren Bemühungen sein, das Rassenproblem zu lösen. Aber wir müssen bedenken, daß Ihr Neger beißen wird, wenn er die Gelegenheit bekommt, genau wie ein Mischlingshund beißen wird, wenn er die Chance hat und es ihm in den Sinn kommt, das zu tun. Sie wollen wissen, ob er es getan hat, Ihr weinerlicher Mr. Coffey mit all den Narben?«

Ich nickte.

»O ja«, sagte Hammersmith. »Er hat es getan. Zweifeln Sie nicht daran, und wenden Sie ihm nicht den Rücken zu. Sie haben vielleicht einmal oder hundertmal Glück ... sogar tausendmal ..., doch am Ende ...« Er hob eine Hand und ließ Finger und Daumen schnell zusammenschnappen und verwandelte sie damit in ein beißendes Maul.

»Verstehen Sie?«

Ich nickte abermals.

»Er vergewaltigte sie, tötete sie, und danach tat es ihm leid ..., aber diese kleinen Mädchen blieben geschändet, diese kleinen Mädchen blieben getötet. Aber Sie werden es ihm besorgen, nicht wahr, Edgecombe? In ein paar Wochen werden Sie es ihm besorgen, damit er nie wieder so etwas tut.« Er erhob sich, ging zum Verandageländer und schaute zur Hundehütte, die inmitten dieses kahlen Streifens stand, inmitten von altem Hundekot. »Vielleicht werden Sie mich entschuldigen«, sagte er. »Da ich den Nachmittag nicht im Gericht verbringen muß, dachte ich mir, ich könnte mich eine Weile meiner Familie widmen. Kinder sind nur einmal jung.«

»Nur zu.« Meine Lippen fühlten sich betäubt und kalt an. »Und vielen Dank für Ihre Zeit.«

»Gern geschehen«, sagte er.

Ich fuhr von Hammersmith' Haus aus direkt zum Gefängnis. Es war eine lange Fahrt, und diesmal konnte ich sie mir nicht mit Singen verkürzen. Ich hatte das Gefühl, daß mir alle Melodien ausgegangen waren, wenigstens für eine Weile. Ich sah vor meinem geistigen Auge immer noch das verunstaltete Gesicht des kleinen Jungen. Und Hammersmith' Hand, die er wie ein beißendes Maul auf- und zuschnappen ließ.

5

Am nächsten Tag machte Wild Bill Wharton seinen ersten Ausflug in die Gummizelle. Er verhielt sich am Morgen und Nachmittag ruhig und brav wie ein kleines Lamm – ein Verhalten, das unnatürlich bei ihm war und Probleme ankündigte, wie wir bald feststellten. Dann, so gegen neunzehn Uhr dreißig, spürte Harry etwas Warmes auf den Hosenbeinen der Uniform, die er an diesem Tag frisch gereinigt angezogen hatte. Es war Pisse. William Wharton stand in seiner Zelle, zeigte seine verrotteten Zähne in einem breiten Grinsen und pinkelte auf Harry Terwilligers Hosenbeine und Schuhe.

»Der dreckige Hurensohn muß die Pisse den ganzen Tag aufgespart haben«, sagte Harry später, immer noch angewidert und empört.

Nun, das war's dann. Es war an der Zeit, William Wharton zu zeigen, wer in Block E das Sagen hatte. Harry holte Brutal und mich, und ich alarmierte Dean und Percy, die ebenfalls Dienst hatten. Wir hatten zu dieser Zeit drei Gefangene und waren sozusagen ausgebucht. Meine Gruppe arbeitete von neunzehn bis drei Uhr am Morgen – wenn am meisten mit Problemen zu rechnen war –, und zwei andere Crews hatten Dienst für den Rest des Tages. Diese anderen Gruppen bestanden hauptsächlich aus Springern, und Bill Dodge übernahm für gewöhnlich die Leitung. Es war alles in allem keine schlechte Regelung, und ich dachte mir, wenn ich Percy zur Tagschicht abschieben konnte, würde das Leben sogar noch besser werden. Ich schaffte es jedoch nie, Percy loszuwerden. Manchmal frage ich mich, ob es die Dinge geändert hätte, wenn es mir gelungen wäre.

Im Lagerraum neben Old Sparky befand sich

ein großes Hauptwasserrohr, an das Dean und Percy einen langen Feuerwehrschlauch anschlossen. Dann warteten sie am Ventil, um es aufzudrehen, wenn es nötig war.

Brutal und ich eilten zu Whartons Zelle, wo er immer noch stand, immer noch grinste und immer noch sein Gerät aus der Hose hängen ließ. Ich hatte am vergangenen Abend die Zwangsjacke aus der Gummizelle geholt und in ein Regal in meinem Büro gelegt, weil ich mir gedacht hatte, daß wir sie vielleicht für unser neues Problemkind brauchen würden. Jetzt hatte ich sie schnell zur Hand und hakte meinen Zeigefinger unter einen der Leinenriemen. Harry folgte uns und zog die Spitze des Feuerwehrschlauchs mit, der durch mein Büro bis in den Lagerraum und zu der Trommel führte, von der Dean und Percy den Schlauch abrollten, so schnell sie konnten.

»Na, wie hat euch das gefallen?« rief Wild Bill. Er lachte wie ein Kind auf dem Jahrmarkt, wurde so von Gelächter geschüttelt, daß er kaum sprechen konnte, und dicke Lachtränen rannen über seine Wangen. »Wenn ihr so schnell kommt, muß es euch gefallen haben. Ich bereite momentan ein paar Stücke Scheiße als Munition vor. Schöne weiche. Damit werde ich euch morgen ... «

Er bemerkte, daß ich die Zellentür aufschloß, verstummte und kniff die Augen zu Schlitzen zusammen. Er sah, daß Brutal seinen Revolver in einer Hand und den Schlagstock in der anderen hielt, und die Augenschlitze wurden noch schmaler.

»Ihr könnt auf den Beinen reinkommen, aber ihr werdet auf dem Arsch rauskriechen, das garantiert euch Billy the Kid«, sagte er. Sein Blick zuckte wieder zu mir. »Und wenn du meinst, du kannst mich in diese Irren-Jacke zwingen, solltest du dir das noch mal überlegen, du Saftsack.«

»Du hast hier gar nichts zu sagen«, erwiderte ich. »Das solltest du wissen, aber ich nehme an, du bist zu blöd, um es ohne eine kleine Lektion zu begreifen.«

Ich zog die Zellentür auf. Wharton ging rückwärts zur Pritsche zurück – sein Pimmel hing immer noch aus der Hose –, streckte mir die Handflächen entgegen und winkte mir dann. »Komm nur, du Scheißer«, sagte er. »Es wird eine Lektion geben, ganz richtig, aber *ich* werde sie erteilen.« Er wandte den Blick und sein schwarzzahniges Grinsen von mir zu Brutal. »Na komm, Großer, du zuerst. Diesmal kannst du dich nicht von hinten anschleichen. Steck den Ballermann weg – du wirst sowieso nicht schießen, du nicht –, und wir kämpfen Mann gegen Mann. Du wirst ja sehen, wer der bessere ...«

Brutal trat in die Zelle, jedoch nicht auf Wharton zu. Als er durch die Tür gegangen war, glitt er nach links, und Wharton riß die Augen auf, als er den Feuerwehrschlauch sah, den Harry auf ihn richtete.

»Das wagst du nicht«, rief er. »Nein, das wirst du nicht ...«

»Dean!« brüllte ich. *»Wasser – marsch! Volle Pulle!«*

Wharton sprang vorwärts, und Brutal verpaßte ihm einen Hieb mit dem Schlagstock – so einen Hieb, wie Percy ihn sich bestimmt immer erträumt hatte – auf die Stirn, gleich über die Augenbrauen. Wharton, der anscheinend dachte, wir hätten bis zu seiner Ankunft noch nie Probleme gehabt, ging auf die Knie, die Augen offen, aber wie blind. Dann kam das Wasser, und Harry taumelte unter dem Druck, doch dann hielt er den Schlauch an der Düse fest in den Händen und zielte damit wie mit einer Waffe. Der Strahl traf Wild Bill Wharton mitten auf die Brust, wirbelte ihn halb herum und trieb ihn zurück bis unter seine Pritsche. Weiter unten auf dem Gang sprang Delacroix in seiner Zelle von einem Fuß auf den anderen, keifte John Coffey mit schriller Stimme an, verfluchte ihn und verlangte, daß er ihm schilderte, was sich in Whartons Zelle ereignete, wer gewann und wie dem Neuen, dem gran' fou, die Behandlung mit dem Wasser gefiel. John sagte nichts, stand nur stumm in seiner zu kurzen Hose und den Gefängnislatschen da. Ich konnte nur kurz zu ihm blicken, doch das reichte, um seine übliche Miene zu sehen – traurig und gelassen. Es war, als hätte er das Ganze schon zuvor gesehen, nicht nur ein- oder zweimal, sondern Tausende Male.

»*Wasser abstellen!*« rief Brutal über die Schulter, und dann stürmte er tiefer in die Zelle. Er packte den halb bewußtlosen Wharton unter den Achseln und zerrte ihn unter der Pritsche hervor. Wharton hustete und stieß gurgelnde Laute aus. Blut sickerte aus den Brauen, über denen Brutals Schlagstock die Haut aufgerissen hatte, in seine

Augen. Brutus Howell und ich hatten das Anlegen der Zwangsjacke zu einer wahren Wissenschaft gemacht; wir hatten es geübt, wie Varietétänzer einen neuen Tanz einstudieren. Dann und wann zahlt sich das Üben aus. Jetzt zum Beispiel. Brutal setzte Wharton auf und streckte mir seine Arme hin, wie ein Kind seiner Mama die Arme einer lädierten Puppe hinhält. Wharton dämmerte, daß alles zu spät war, wenn er nicht sofort kämpfte, das sah ich in seinen Augen, aber die Leitungen zwischen Verstand und Muskeln waren noch defekt, und bevor er sie reparieren konnte, verpaßte ich ihm die Zwangsjacke, und Brutal schnallte die Riemen am Rücken zu. Während Brutal sich darum kümmerte, schnappte ich mir die Riemen der Handfesseln und verschnürte Whartons Handgelenke noch zusätzlich auf seinen Rücken. Am Ende sah er aus, als umarme er sich selbst.

»Verdammt noch mal, großer Blödmann, was machen sie mit Pissäär?« brüllte Delacroix. Ich hörte Mr. Jingles quieken, als wollte er es ebenfalls wissen.

Percy traf ein. Sein Hemd war naß und klebte an ihm nach seinem Kampf mit dem Wasser vom Hauptrohr, und sein Gesicht glühte vor Aufregung. Dean tauchte hinter ihm auf. Er trug eine Kette aus purpurfarbenen Würgemalen um den Hals und sah viel weniger begeistert aus als Percy.

»Komm, komm, Wild Bill«, sagte ich und riß Wharton auf die Füße. »Wir machen einen kleinen Spaziergang.«

»Nenn mich nicht so!« kreischte Wharton, und ich denke, daß wir zum erstenmal echte Gefühle von ihm sahen, nicht nur die clevere Tarnung eines Tiers. »Wild Bill Hickok war kein Ranger! Er hat nie mit einem Bowiemesser gegen einen Bären gekämpft. Er war nur ein weiterer hinterhältiger Gesetzeshüter. Der Blödmann hat sich mit dem Rücken zur Tür gesetzt und sich von einem Besoffenen umlegen lassen!«

»Du meine Güte, eine *Lektion in Geschichte!«* rief Brutal und schubste Wharton aus der Zelle. »Wer hier den Dienst antritt, weiß nie, was ihn erwartet. Aber reizend ist es immer – kein Wunder, bei so vielen netten Leuten wie dir ist das nur natürlich, nicht wahr? Und weißt du was? Schon bald wirst du selbst Geschichte sein, Wild Bill. Und jetzt gehen wir den Gang hinunter. Wir haben ein schönes Zimmer für dich. Sozusagen ein Zimmer zum Abkühlen.«

Wharton stieß einen wütenden, unverständlichen Schrei aus und warf sich gegen Brutal, obwohl er gut verschnürt in der Zwangsjacke steckte und seine Hände gefesselt waren. Percy machte Anstalten, seinen Schlagstock zu zücken – die Wetmore-Lösung für alle Probleme des Lebens –, aber Dean legte ihm eine Hand auf den Arm. Percy schaute ihn verwirrt, fast empört an, als wollte er sagen, nach dem, was Wharton ihm angetan hatte, sollte Dean der letzte auf der Welt sein, der ihn beschützen wollte.

Brutal stieß Wharton zurück. Ich nahm ihn in Empfang und schob ihn zu Harry weiter. Und Harry zerrte ihn über die Green Mile, vorbei an dem starrenden Delacroix und dem teilnahmslosen Coffey. Wharton mußte laufen, um nicht aufs Gesicht zu fallen, und auf dem ganzen Weg versprühte er Flüche wie ein Schweißbrenner Funken. Wir stießen ihn in die letzte Zelle rechts, während Dean, Harry und Percy (der sich ausnahmsweise mal nicht wegen Überarbeitung beklagte) das Gerümpel aus der Gummizelle entfernten. Während die drei diese Arbeit verrichteten, hatte ich eine kurze Unterhaltung mit Wharton.

»Du hältst dich für einen harten Jungen«, sagte ich, »und vielleicht bist du das auch, Sonny, aber hier drinnen zählt Härte nicht. Deine wilden Tage sind vorbei. Wenn du uns die Sache leichtmachst, werden wir sie dir leichtmachen. Wenn du die harte Tour bevorzugst, stirbst du am Ende trotzdem, aber wir werden dich vorher anspitzen wie einen Bleistift.«

»Ihr werdet unendlich glücklich sein, mein Ende zu erleben«, erwiderte Wharton mit heiserer Stimme. Er wand sich in der Zwangsjacke, obwohl er wissen mußte, daß es nichts nutzte, und sein Gesicht war tomatenrot. »Und bis ich krepiere, werde ich euch das Leben zur Hölle machen!« Er bleckte die Zähne wie ein wütender Pavian.

»Wenn das alles ist, was du willst, uns das Leben zur Hölle zu machen, dann kannst du jetzt aufhören, denn das hast du bereits getan«, sagte Brutal. »Aber was deine Zeit auf der Green Mile anbetrifft, Wharton, so juckt es uns nicht, ob du sie ausschließlich in dem Einzelzimmer mit den weichen Wänden verbringst. Und du kannst diese verdammte Irrenjacke tragen, bis deine Arme aus Mangel an Blutzirkulation brandig werden und abfallen.« Er legte eine kurze Pause ein. »Hier kommt selten jemand her, weißt du. Und wenn du meinst, es interessiert jemanden, was auch immer mit dir geschieht, solltest du umdenken, Cowboy. Für die Welt bist du bereits ein toter Gesetzloser.«

Wharton musterte Brutal sorgfältig, und der zornige Ausdruck wich aus seinem Gesicht. »Nimm mir die Jacke ab«, bat er in versöhnlichem Tonfall – zu ruhig und vernünftig, um ihm zu trauen. »Ich werde brav sein. Ehrlich.«

Harry tauchte auf der Türschwelle der Zelle auf. Das Ende des Gangs sah aus wie ein Trödelmarkt, aber das würden wir schnell aufgeräumt haben, wenn wir erst einmal angefangen hatten. Das war nicht das erste Mal; wir kannten die Übung. »Fertig«, sagte Harry.

Brutal packte die Wölbung der Zwangsjacke, wo sich Whartons rechter Ellenbogen befand, und riß ihn auf die Füße. »Auf, auf, Wild Billy. Und sieh es doch mal positiv. Du hast mindestens vierundzwanzig Stunden Zeit, um dich daran zu erinnern, daß du dich nie mit dem Rücken zur Tür setzen und nie die Asse und Achten festhalten solltest.«

»Laß mich aus dem Ding raus«, sagte Wharton. Er schaute von Brutal zu Harry und dann zu mir, und die Röte kroch wieder in sein Gesicht. »Ich werde brav sein. Ich sage euch, ich habe meine Lektion gelernt. Ich ... ich ... *uuu-*

aaaahhhh . . .« Er brach plötzlich zusammen, halb in der Zelle, halb auf dem Linoleum der Green Mile. Er trat mit den Füßen aus und zuckte mit dem Körper.

»O Gott, er hat einen Anfall«, flüsterte Percy.

»Klar, und meine Schwester ist die Hure von Babylon«, meinte Brutal. »Sie tanzt samstags nachts mit einem langen weißen Schleier den Fruchtbarkeitstanz für Moses.« Er bückte sich und schob eine Hand unter eine von Whartons Achseln. Ich packte Wharton unter der anderen Achsel. Er zappelte zwischen uns wie ein Fisch am Haken. Seinen zuckenden Körper zu tragen und ihn an einem Ende grunzen und am anderen furzen zu hören war eines der weniger angenehmen Erlebnisse meines Lebens.

Ich blickte auf und sah für einen Moment John Coffeys Augen. Sie waren blutunterlaufen, und seine dunklen Wangen waren feucht. Er hatte wieder geheult. Ich erinnerte mich an Hammersmith' Geste der zubeißenden Hand und fröstelte ein wenig. Dann wandte ich meine Aufmerksamkeit wieder Wharton zu.

Wir warfen ihn wie eine Fracht in die Gummizelle, wo er dann immer noch zuckend auf dem Boden lag, nahe der Wasserabflußrinne, wo wir einst die Maus gesucht hatten, die ihr Leben in Block E als Steamboat Willy begonnen hatte.

»Es juckt mich nicht, ob er seine Zunge oder was auch immer verschluckt und abkratzt«, sagte Dean mit krächzender Stimme, »aber denkt an die Schreibarbeit, Jungs! Die würde endlos sein.«

»Die Schreibarbeit ist nicht das Schlimmste, denkt an die Untersuchung«, warf Harry ein. »Wir würden unsere verdammten Jobs verlieren. Dann könnten wir unten in Mississippi Erbsen pflücken. Ihr wißt, was Mississippi ist, nicht wahr? Das indianische Wort für Arschloch.«

»Er wird nicht abkratzen, und er wird auch nicht seine Zunge verschlucken«, sagte Brutal. »Wenn wir morgen die Tür öffnen, ist er putzmunter. Mein Wort darauf.«

So war es dann auch. Der Mann, den wir am nächsten Abend um neun in seine Zelle zurückbrachten, war ruhig, blaß und scheinbar geläutert. Er ging mit gesenktem Kopf, griff keinen an, als ihm die Zwangsjacke abgenommen wurde, und starrte mich nur stumm an, als ich ihm mitteilte, daß es beim nächsten Mal achtundvierzig Stunden dauern würde und er sich überlegen soll, wieviel Zeit er damit verbringen möchte, in seine Hosen zu pinkeln und löffelweise mit Babynahrung gefüttert zu werden.

»Ich werde brav sein, Boß, ich habe meine Lektion gelernt«, sagte er leise und demütig, als wir ihn in seine Zelle sperrten. Brutal blickte zu mir und zwinkerte.

Spät am nächsten Tag kaufte William Wharton, der sich für Billy the Kid hielt und niemals für den hinterhältigen Wild Bill Hickok, vom alten Toot-Toot ein Schokoladenteilchen. Solche Geschäfte waren Toot-Toot strikt verboten, doch die Nachmittagscrew bestand aus Springern, wie ich wohl schon gesagt habe, und der Handel ging über die Bühne. Toot wußte zweifellos, daß er ein krummes Ding drehte, aber für ihn war sein Snackmobil, der Karren mit den Bibelsprüchen und seiner Ware, stets eine Sache von »ein Nickel ist ein Nickel, ein Dime ist ein Dime«.

In dieser Nacht, als Brutal seinen Kontrollgang machte, stand Wharton an der Tür seiner Zelle. Er wartete, bis Brutal ihn anschaute, dann hielt er die Hände trichterförmig vor den Mund und schoß einen dicken und erstaunlich langen Strahl Schokoladenbrei aus seinen geblähten Wangen in Brutals Gesicht. Er hatte das gesamte Schokoladenteilchen in den Mund geschoben, es darin gehalten, bis die Schokolade flüssig geworden war, und jetzt hatte er sie wie Kautabak ausgespuckt.

Wharton fiel zurück auf seine Pritsche. Er hatte einen Spitzbart aus Schokolade, trat mit den Beinen aus, lachte und zeigte auf Brutal, der viel mehr als einen Spitzbart hatte. »Der kleine Mohr, Yessir, Boß, Yessir, ist das nicht zum Wiehern?« Wharton hielt sich lachend den Bauch. »Mann, wenn das doch nur Kacke gewesen wäre! Ich wünschte, es wäre Kacke gewesen! Wenn ich davon etwas gehabt hätte ...«

»Du *bist* Kacke«, grollte Brutal, »und ich hoffe, du hast deine Sachen gepackt, denn du wanderst zurück in deine Lieblingstoilette.«

So verpaßten wir Wharton erneut die Zwangsjacke und sperrten ihn abermals in die Gummizelle. Diesmal für zwei Tage. Manchmal konnten wir ihn darin toben hören, bisweilen versprach er, vernünftig und brav zu sein, und gelegentlich schrie er, daß er einen Arzt brauche und sterbe.

Meistens war er jedoch still. Und er war auch still, als wir ihn wieder rausholten und er mit gesenktem Kopf und teilnahmslosen Augen zu seiner Zelle ging und nicht reagierte, als Harry sagte: »Denk daran, es liegt an dir.« Er würde sich eine Zeitlang manierlich verhalten und dann etwas anderes versuchen. Keine seiner Aktionen war nicht schon einmal versucht worden (nun, vielleicht mit Ausnahme der Sache mit dem Schokoladenteilchen; sogar Brutal gab zu, daß es ziemlich originell war), aber allein seine Hartnäckigkeit war unheimlich. Ich befürchtete, daß früher oder später jemand unaufmerksam werden könnte und dafür büßen müßte.

Und die Situation konnte noch eine Weile so weitergehen, denn er hatte irgendwo einen Anwalt, der alle Tricks versuchte und den Leuten erzählte, wie falsch es wäre, diesen Jungen zu töten, auf dessen Stirn noch nicht der Tau der Jugend getrocknet war ... und der zufällig so weiß wie John Brown war. Es hatte keinen Sinn, sich darüber aufzuregen, denn es war der Job des Anwalts, Wharton vor dem heißen Stuhl zu bewahren. Und es war unser Job, ihn sicher hinter Schloß und Riegel zu verwahren. Und am Ende würde Old Sparky ihn mit an Sicherheit grenzender Wahrscheinlichkeit bekommen, Anwalt hin oder her.

6

Das war die Woche, in der Melinda Moores, die Frau des Direktors, aus Indianola heimkehrte. Die Ärzte waren fertig mit ihr. Sie hatten ihre interessanten neumodischen Röntgenaufnahmen von dem Tumor in ihrem Kopf, sie hatten die Schwäche in ihrer Hand und die lähmenden Schmerzen registriert, von denen sie jetzt fast ständig gepeinigt wurde, und nun waren sie fertig mit ihr. Sie gaben ihrem Mann einen Haufen Pillen mit, die Morphium enthielten, und schickten Melinda zum Sterben nach Hause. Hal Moores hatte einige Urlaubstage aufgespart, nicht viele, in jenen Tagen bekam man nicht viele Urlaubstage, aber er nahm alle, die er hatte, damit er ihr bei dem, was sie zu tun hatte, helfen konnte.

Meine Frau und ich besuchten Melinda drei oder vier Tage nach ihrer Heimkehr. Ich rief vorher an, und Hal sagte ja, ein Besuch sei prima, Melinda habe einen ziemlich guten Tag und würde sich freuen, uns zu sehen.

»Ich hasse solche Besuche«, sagte ich zu Janice, als wir zu dem kleinen Haus fuhren, in dem die Moores die meiste Zeit ihrer Ehe verbracht hat ten.

»So geht es jedem, Schatz«, erwiderte sie und tätschelte meine Hand. »Wir werden es tapfer ertragen – und sie wird es ebenfalls ertragen.«

»Das hoffe ich.«

Melinda saß im Wohnzimmer in einem Streifen Oktobersonne, die für die Jahreszeit erstaunlich warm war, und meine erste entsetzliche Wahrnehmung bestand darin, daß sie neunzig Pfund verloren hatte. Das stimmte natürlich nicht – wenn sie so viel Gewicht verloren hätte, wäre sie kaum dort im Wohnzimmer gewesen, aber das war die erste Reaktion meines Gehirns auf das, was meine Augen meldeten. Ihr Gesicht war eingefallen, und ihre Haut war weiß und wirkte wie Pergament, das über die Knochen gespannt wurde. Dunkle Ringe lagen unter ihren Augen. Und zum erstenmal sah ich sie in ihrem Schaukelstuhl, ohne daß sie irgendwelche Stoffreste zu einem Flickenteppich verarbeitete. Sie saß einfach nur da. Wie jemand in einem Bahnhof. »Melinda«, sagte meine Frau herzlich. Ich denke, sie war genauso geschockt wie ich – vielleicht noch mehr –, aber sie verbarg es hervorragend, wie manche Frauen das eben können. Sie ging zu Melinda, ließ sich neben dem Schaukelstuhl auf ein Knie nieder und ergriff eine Hand der Frau des Direktors. Während sie das tat, fiel mein Blick zufällig auf den blauen Kaminvorleger. Es kam mir in den Sinn, daß er die Farbe von verschrumpelten alten Limonen haben sollte, denn jetzt war das Zimmer einfach eine andere Version der Green Mile.

»Ich habe Ihnen etwas Tee mitgebracht«, sagte Janice. »Die Sorte, die ich selbst zusammenstelle. Man kann gut danach schlafen. Ich habe ihn in der Küche gelassen.«

»Vielen Dank, meine Liebe«, sagte Melinda. Ihre Stimme klang alt und brüchig.

»Wie fühlen Sie sich?« fragte meine Frau.

»Besser«, sagte Melinda mit ihrer brüchigen, heiseren Stimme. »Nicht so, daß ich tanzen gehen möchte, aber heute habe ich wenigstens keine Schmerzen. Sie haben mir einige Tabletten gegen Kopfschmerzen mitgegeben. Manchmal wirken die sogar.«

»Das ist doch gut, nicht wahr?«

»Aber ich kann nicht richtig zugreifen. Irgend etwas ist mit meiner Hand passiert.« Sie hob sie an und betrachtete sie, als hätte sie die Hand noch nie gesehen, und dann ließ sie sie auf ihren Schoß sinken. »Irgend etwas ist geschehen ... mit meinem ganzen Körper.« Sie begann lautlos zu weinen, und ich mußte an John Coffey denken. Ich glaubte ihn wieder sagen zu hören: *Ich habe geholfen, nicht wahr? Ich habe geholfen, nicht wahr?* Wie ein Reim, den man nicht vergessen kann.

Hal kam ins Wohnzimmer. Er zog mich zur Seite, und glauben Sie mir, ich war froh darüber. Wir gingen in die Küche. Er schenkte mir weißen Whiskey ein, heiße Ware, frisch aus dem Destillierapparat irgendeines Farmers. Wir stießen an und tranken. Das Feuerwasser schmeckte grauenhaft, aber die Wärme im Magen war himmlisch. Dennoch winkte ich ab, als Moores gegen den Tonkrug tippte und wortlos fragte, ob ich noch einen Schluck wollte. Wild Bill Wharton war nicht mehr in der Gummizelle – jedenfalls im Augenblick nicht –, und man konnte sich in seiner Nähe noch weniger sicher fühlen, wenn man vom Alkohol benebelt war. Nicht einmal mit den Gitterstäben zwischen uns.

»Ich weiß nicht, wie lange ich dies ertragen kann, Paul«, sagte Moores leise. »Ein Mädchen kommt morgens und hilft mir mit ihr, aber die Ärzte sagen, daß sie vielleicht die Kontrolle über ihren Harn und Stuhl verliert und ... und ...« Er konnte nicht weitersprechen, schluckte und kämpfte gegen die Tränen an.

»Sie müssen da durch, so gut es geht«, sagte ich, griff über den Tisch und drückte kurz seine zittrige Hand mit den Leberflecken. »Sagen Sie sich das Tag für Tag, und überlassen Sie den Rest Gott. Sie können ja gar nichts anderes tun.«

»Vermutlich nicht, Paul. Aber es ist hart. Ich bete, daß Sie nie selbst herausfinden müssen, wie hart.« Er versuchte, sich unter Kontrolle zu bekommen.

»Erzählen Sie mir jetzt, was es Neues gibt. Wie kommen Sie mit William Wharton zurecht? Und wie werden Sie mit Percy Wetmore fertig?«

Wir sprachen eine Zeitlang über den Job und überstanden so den Besuch. Danach, auf der ganzen Heimfahrt, bei der meine Frau die meiste Zeit stumm, mit feuchten Augen und in Gedanken versunken auf dem Beifahrersitz saß, gingen mir Coffeys Worte durch den Kopf – etwa so schnell, wie Mr. Jingles durch Delacroix' Zelle flitzte: *Ich habe geholfen, nicht wahr?*

»Es ist schrecklich«, meinte meine Frau irgendwann. »Und keiner kann ihr helfen.«

Ich nickte beipflichtend und dachte: *Ich habe geholfen, nicht wahr?* Aber das war verrückt, und ich bemühte mich, diese Gedanken aus meinem Kopf zu verbannen. Als wir auf unserem Hof hielten, brach Janice zum zweitenmal ihr Schweigen – sie sprach nicht über ihre alte Freundin Melinda, sondern über meine Blaseninfektion. Sie wollte wissen, ob sie tatsächlich weg war. Tatsächlich weg, versicherte ich. Geheilt.

»Das ist schön«, sagte Janice und küßte mich über der Augenbraue, auf die Stelle, wo es auch jetzt wieder prickelte. »Weißt du, wir hätten eine Menge nachzuholen. Wenn du Zeit und Lust hast, meine ich.«

Da ich viel von letzterem und genug vom ersten hatte, nahm ich sie an der Hand, führte sie ins hintere Schlafzimmer und zog sie aus, während sie den Teil von mir streichelte, der anschwoll und pochte, jedoch nicht mehr weh tat. Und als ich in sie hineintauchte, auf die langsame Weise hineinschlüpfte, die sie mochte – die wir beide mochten –, dachte ich an John Coffeys Worte. *Ich habe geholfen, nicht wahr? Ich habe geholfen, nicht wahr?* Wie ein Liedfetzen, der einen erst in Ruhe läßt, wenn die Zeile komplett ist.

Als ich später zum Gefängnis fuhr, dachte ich daran, daß wir bald für Delacroix' Hinrichtung proben mußten. Das erinnerte mich daran, daß Percy diesmal in der ersten Reihe stehen würde, und ich erschauderte. Ich sagte mir, daß ich mich damit abfinden sollte. Noch eine Hinrichtung, und wir würden Percy ein für allemal los sein. Aber die Gänsehaut blieb, als ob die Infektion, unter der ich gelitten hatte, überhaupt nicht geheilt war, sondern nur den Ort gewechselt hatte und jetzt nicht mehr meinen Unterleib kochte, sondern mein Rückgrat vereiste.

7

»Komm schon«, sagte Brutal am nächsten Abend zu Delacroix. »Wir machen einen kleinen Spaziergang. Du und ich und Mr. Jingles.«

Delacroix schaute ihn mißtrauisch an und griff dann in der Zigarrenkiste nach der Maus. Er hielt sie auf der Handfläche und schaute Brutal aus schmalen Augen an. »Wovon reden Monsieur?«

»Es ist ein großer Abend für dich und Mr. Jingles«, sagte Dean, als er mit Harry zu ihnen stieß. Die Würgemale um seinen Hals hatten eine häßliche gelbliche Schattierung angenommen, aber Dean konnte wenigstens wieder sprechen, ohne daß es klang, als belle ein erkälteter Hund eine Katze an. Er sah Brutal an. »Meinst du, wir müssen ihm die Ringe anlegen, Brutal?«

Brutal gab vor, darüber nachzudenken. »Nö«, antwortete er schließlich. »Er wird brav sein, nicht wahr, Del? Du und die Maus, ihr werdet beide brav sein. Schließlich tretet ihr heute abend vor ein paar hohen Tieren auf.«

Percy und ich standen beim Wachpult und beobachteten die Szene. Percy hatte die Arme verschränkt, und ein leichtes verächtliches Lächeln spielte um seine Lippen. Nach einer Weile nahm er seinen Hornkamm aus der Tasche und begann, sein Haar damit zu bearbeiten. John Coffey verfolgte das Geschehen ebenfalls aufmerksam. Stumm stand er hinter den Gitterstäben seiner Zelle. Wharton lag auf seiner Pritsche, starrte an die Decke und ignorierte die ganze

Show. Er war immer noch ›brav‹, obwohl das, was er *brav* nannte, von den Ärzten in Briar Ridge als *katatonisch* bezeichnet wurde. Und es war noch eine Person anwesend, außer Sichtweite in meinem Büro, aber ihr dünner Schatten fiel durch die Tür auf die Green Mile.

»Was 'at das alles zu bedeuten, *gran' fou*?« fragte Del nörgelnd und zog die Füße auf die Pritsche, als Brutal die beiden Schlösser der Zellentür aufschloß und die Tür aufzog. Dels Blick zuckte zwischen Brutal, Harry und Dean hin und her.

»Nun, ich werde es dir verraten«, brummte Brutal. »Mr. Moores ist eine Weile weg – seine Frau ist krank, wie du vielleicht gehört hast. Jetzt hat Mr. Anderson die Leitung übernommen, Mr. Curtis Anderson.«

»Ja? Und was 'at das mit mir zu tun?«

»Nun, Boß Anderson hat von deiner Maus gehört, Del, und will ihren Auftritt sehen. Er und sechs andere Leute warten drüben in der Verwaltung auf dich und die Maus. Es sind keine einfachen Wärter in ihren blauen Uniformen, es sind ziemlich hohe Tiere, wie Brutal schon sagte. Ich glaube, einer davon ist ein Politiker, der den weiten Weg von der Hauptstadt auf sich genommen hat.«

Delacroix' Brust schwoll sichtlich, und ich bemerkte nicht die Spur eines Zweifels an ihm. *Natürlich* wollten sie Mr. Jingles sehen; wer wollte das nicht?

Er kramte herum, zuerst unter seiner Pritsche und dann unter seinem Kissen. Schließlich fand er eins dieser großen pinkfarbenen Pfefferminzbonbons und die bunt angemalte Rolle. Er schaute Brutal fragend an, und Brutal nickte.

»Ja, Del, sie sind ganz wild darauf, den Trick mit der Rolle zu sehen, nehme ich an, aber wie Mr. Jingles diese Pfefferminzbonbons verspeist, das ist auch verdammt niedlich. Und vergiß nicht die Zigarrenkiste. Du brauchst sie doch, um ihn darin reinzutragen, oder?«

Delacroix holte die Zigarrenkiste und verstaute Mr. Jingles' Requisiten darin. Die Maus ließ sich auf seiner Schulter nieder. Dann trat er aus der Zelle, ging mit stolzgeschwellter Brust voran und blickte zu Dean und Harry zurück. »Kommt ihr, Jungs?«

»Nein«, antwortete Dean. »Wir haben andere Dinge zu tun. Aber du zeigst dem werten Publikum, was ihr draufhabt, Del – zeig ihnen, was passiert, wenn ein Junge aus Louisiana den Hammer weglegt und wirklich zu arbeiten anfängt.«

»Verlaß dich drauf.« Ein Lächeln erhellte sein Gesicht, so plötzlich und glücklich, daß ich eine Weile gerührt war und das Schreckliche vergaß, das er getan hatte. Welch eine Welt, in der wir leben – welch eine Welt!

Delacroix wandte sich John Coffey zu. Zwischen ihnen hatte sich eine scheue Freundschaft entwickelt, die sich nicht sonderlich von den etwa hundert anderen Beziehungen von Todeskandidaten unterschied, die ich gesehen hatte.

»Zeig es ihnen, Del«, sagte Coffey ernst. »Zeig ihnen all seine Tricks.« Delacroix nickte und hielt die Hand hoch an seine Schulter. Mr. Jingles trat auf die Hand, als wäre es ein Podium, und Delacroix streckte die Hand zu Coffeys Zelle hin. John Coffey hielt einen gewaltigen Finger durch die Gitterstäbe, und die Maus reckte sich ihm entgegen und leckte die Fingerspitze wie ein Hund. Nicht zu glauben, aber ich sah es mit eigenen Augen.

»Los, los, Del, trödle nicht herum«, sagte Brutal. »Diese Leute verzichten auf ein gutes Abendessen daheim, um deine Maus in Aktion zu erleben.« Das stimmte natürlich nicht – Anderson war ohnehin jeden Abend bis zwanzig Uhr da, und die Wärter, die er angeschleppt hatte, um ihnen Delacroix' »Show« zu zeigen, würden bis dreiundzwanzig oder vierundzwanzig Uhr da sein, je nachdem, wann ihre Schicht endete. Der Politiker aus der Hauptstadt würde sich höchstwahrscheinlich als ein Hausmeister oder Pförtner mit geborgter Krawatte entpuppen. Aber Delacroix konnte das nicht wissen.

»Ich bin bereit«, verkündete Delacroix mit der Schlichtheit eines großen Stars, der es irgendwie geschafft hat, bescheiden und bodenständig zu bleiben. »Gehen wir.« Und als Brutal ihn über die Green Mile führte – Mr. Jingles hockte auf der Schulter des kleinen Mannes –, begann Delacroix wieder einmal zu trompeten: »*Messieurs et mesdames! Bienvenue au cirque de mousie!*« Obwohl er tief in seine Phantasiewelt versunken war, machte er einen weiten Bogen um Percy und bedachte ihn mit einem mißtrauischen Blick.

Harry und Dean stoppten vor der leeren Zelle

gegenüber von Wharton (dieser Held hatte sich immer noch nicht gerührt).

Sie beobachteten, wie Brutal die Tür zum Hof aufschloß und Delacroix zu seinem Gala-Auftritt vor den hohen Tieren der Strafvollzugsanstalt Cold Mountain hinausführte. Wir warteten, bis die Tür wieder abgeschlossen war, und dann schaute ich zu meinem Büro. Der dünne Schatten fiel immer noch auf den Boden, und ich war froh, daß Delacroix zu aufgeregt gewesen war, um ihn zu sehen.

»Komm raus«, rief ich. »Und beeilt euch, Leute. Ich möchte zwei Proben durchziehen, und wir haben nicht viel Zeit.«

Der alte Toot-Toot kam mit glänzenden Augen und quietschvergnügt wie immer, wenn er den Todeskandidaten mimte, aus meinem Büro, ging zu Delacroix' Zelle und schlenderte durch die offene Tür. »Ich setze mich«, sagte er. »Ich setze mich, setze mich.«

Dies ist der wahre Zirkus, dachte ich und schloß kurz die Augen. Dies ist der wahre Zirkus, genau hier, und wir sind alle nur ein Haufen dressierter Mäuse. Dann verbannte ich den Gedanken aus meinem Kopf, und wir begannen mit der Probe für die Hinrichtung.

8

Die erste Probe ging gut, und auch die zweite klappte. Percy machte seine Sache besser, als ich es in meinen wildesten Träumen zu hoffen gewagt hätte. Das bedeutete noch nicht, daß alles klappen würde, wenn wirklich die Zeit für Delacroix' letzten Spaziergang über die Green Mile kam, aber es war ein großer Schritt in die richtige Richtung. Ich hatte den Eindruck, daß alles gut verlaufen war, weil Percy endlich etwas getan hatte, was ihm Spaß machte. Ich empfand tiefe Verachtung bei dieser Erkenntnis und verdrängte sie. Was machte es schon? Er würde Delacroix die Kappe aufsetzen und ihn braten lassen, und dann würden wir alle beide los sein. Wenn das kein Happy-End war, was dann? Und, wie Direktor Moores gesagt hatte, Delacroix' Eier wurden so oder so gebraten, ganz gleich, wer letzte Hand anlegte.

Immerhin hatte sich Percy vorteilhaft in seiner neuen Rolle gezeigt, und er wußte es. Wir alle wußten es. Was mich anbetraf, so war ich zu erleichtert, um mich über den Widerling aufzuregen, jedenfalls im Moment. Es sah aus, als ob alles in Ordnung gehen würde. Es erleichterte mich ebenfalls, daß Percy tatsächlich mal zuhörte, als wir ihm einiges vorschlugen, was seinen Auftritt sogar noch verbessern könnte oder zumindest die Möglichkeit verringerte, daß etwas schiefging. Wenn Sie die Wahrheit wissen wollen, wir waren ziemlich begeistert – sogar

Dean, der Abstand von Percy hielt ... sowohl körperlich als auch geistig, wenn er das konnte.

Ich nehme an, unsere Begeisterung war verständlich – für die meisten Männer ist nichts schmeichelhafter als ein junger Mensch, der wirklich auf ihren Rat hört, und wir waren in dieser Hinsicht nicht anders. Daher fiel keinem von uns auf, daß Wild Bill Wharton nicht mehr zur Decke starrte. Das schließt mich ein, aber ich weiß, daß er nicht mehr an die Decke starrte. Er starrte zu uns, als wir dort beim Wachpult standen, quatschten und Percy Ratschläge gaben. Ratschläge! Und er tat so, als hörte er auf uns! Das ist zum Brüllen, wenn man bedenkt, wie sich die Dinge entwickelten.

Das Geräusch eines Schlüssels im Schloß der Hoftür beendete unsere kleine Manöverkritik nach den Proben. Dean warf Percy einen warnenden Blick zu. »Kein Wort und keinen falschen Blick«, sagte er. »Wir möchten nicht, daß er weiß, was wir getan haben. Das ist nicht gut für sie. Das regt sie auf.«

Percy nickte und hielt den Zeigefinger auf die Lippen – eine verschwörerische Geste des Schweigens, die lustig sein sollte, es jedoch nicht war. Die Tür zum Hof wurde geöffnet, und Delacroix kam herein, begleitet von Brutal, der die Zigarrenkiste mit der bunten Rolle darin trug, wie der Assistent des Magiers bei einer Varieteshow nach dem Ende des Auftritts die Requisiten des Meisters trägt. Mr. Jingles hockte auf Delacroix' Schulter.

Und Delacroix selbst? Ich sage Ihnen – Jenny

Lind hätte nicht glücklicher nach einem Auftritt im Weißen Haus sein können. »Sie 'aben Mr. Jingles geliebt!« rief Delacroix. »Sie 'aben gelacht und gejubelt und geklatscht in die 'ände!«

»Na prima«, sagte Percy. Er sprach in einem milden und gütigen Tonfall, der gar nicht zu dem Percy paßte, den wir kannten. »Geh in deine Zelle, Alter.«

Delacroix schaute ihn gespielt argwöhnisch an, und schon kam wieder der alte Percy zum Vorschein. Er fletschte die Zähne, knurrte wie ein gereizter Hund und tat, als wollte er Delacroix anspringen und beißen. Es war natürlich ein Scherz, Percy war glücklich, weil er seine Rolle so gut gespielt hatte, keineswegs in Beißstimmung, aber Delacroix wußte das nicht. Er sprang entsetzt zurück und stolperte über Brutals große Füße. Er stürzte schwer und schlug mit dem Hinterkopf auf das Linoleum. Mr. Jingles rettete sich rechtzeitig mit einem Sprung, um nicht zerquetscht zu werden, und flitzte piepsend über die Green Mile zu Delacroix' Zelle.

Delacroix rappelte sich auf, bedachte den kichernden Percy mit einem einzigen haßerfüllten Blick und eilte dann hinter seinem Liebling her, wobei er sich über den Hinterkopf rieb. Brutal (der nicht wußte, daß Percy ganz aufgeregt war, weil er ausnahmsweise mal seinen Job richtig gemacht hatte) schaute Percy in stummer Verachtung an, folgte Del und nahm sein Schlüsselbund vom Gürtel.

Ich glaube, das nächste passierte, weil Percy tatsächlich zu einer Entschuldigung bereit war –

ich weiß, es ist kaum zu glauben, aber er war an diesem Tag in äußerst gutmütiger Stimmung. Wenn es stimmt, beweist es nur ein zynisches altes Sprichwort, das ich einmal aufgeschnappt habe, etwas wie »keine gute Tat bleibt ungestraft«. Erinnern Sie sich, daß ich Ihnen erzählt habe, wie Percy vor Delacroix' Eintreffen die Maus zur Gummizelle gejagt hatte und dabei zu nahe an die Zelle des Präsidenten geraten war? So etwas war gefährlich, und deshalb war die Green Mile so breit – wenn man sich genau in der Mitte hielt, konnte man von den Zellen aus nicht angepackt werden. Der Präsident hatte Percy nichts getan, aber ich erinnere mich, daß ich dachte, Arlen Bitterbuck hätte ihm etwas tun können, wenn Percy zu nahe an seine Zelle herangeraten wäre. Nur um ihm eine Lektion zu erteilen.

Nun, der Präsident und der Chief waren fort, aber Wild Bill Wharton war da. Er war schlimmer, als der Präsident oder der Chief es sich jemals hätten vorstellen können, und er hatte das kleine Spiel beobachtet und auf eine Gelegenheit gehofft, um selbst mitzumischen. Diese Chance fiel ihm nun sozusagen in den Schoß – dank Percy Wetmore.

»Hey, Del!« rief Percy lachend und ging hinter Brutal und Delacroix her, wobei er auf der Green Mile zu nah an Whartons Seite geriet, ohne es zu bemerken. »Hey, du blöder Scheißer, ich habe es nicht so gemeint! Sollte ein Spaß . . .«

Wharton sprang wie der Blitz von seiner Pritsche und zu den Gitterstäben – nie in meiner Zeit als Wärter habe ich jemanden gesehen, der sich so schnell bewegen konnte, und das schließt einige äußerst athletische junge Männer ein, mit denen Brutal und ich später in der Jugendstrafanstalt zu tun hatten. Er stieß die Arme durch die Gitterstäbe und packte Percy, zuerst an den Schultern seiner Uniformjacke und dann an der Kehle. Wharton riß ihn gegen die Zellentür. Percy quiekte wie ein Schwein auf der Schlachtbank, und ich las in seinen Augen, daß er dachte, er müsse sterben.

»Bist du süß«, flüsterte Wharton. Er nahm eine Hand von Percys Kehle und strich über sein Haar. »Weich!« sagte er und lachte. »Wie bei einem Mädchen. Ich glaube, ich würde lieber deinen Arsch ficken als die Pussy deiner Schwester.« Und er küßte Percy tatsächlich aufs Ohr.

Ich denke, Percy – der Delacroix mit dem Schlagstock verprügelt hatte, weil der ihn unabsichtlich vorn an der Hose berührt hatte – Sie erinnern sich? – wußte genau, was mit ihm geschah. Ich bezweifle, daß er es wissen wollte, aber ich denke, er wußte es. Alle Farbe war aus seinem Gesicht gewichen, und die Pickel auf seinen Wangen prangten wie Muttermale. Seine Augen waren weit aufgerissen und wäßrig. Etwas Speichel sickerte aus einem Winkel seines zuckenden Mundes. All dies geschah sehr schnell – es dauerte weniger als zehn Sekunden, schätze ich.

Harry und ich traten vor, die Schlagstöcke erhoben. Dean zog seine Waffe. Aber bevor die Dinge eskalieren konnten, ließ Wharton Percy los und trat zurück. Er hob die Hände in Schulterhöhe und grinste. »Ich habe ihn losgelassen. War nur ein Spielchen, und ich habe ihn losgelassen«, sagte er. »Habe dem Jungen kein einziges Härchen auf dem Köpfchen gekrümmt, also steckt mich nicht wieder in diese gottverdammte Gummizelle.«

Percy Wetmore sauste auf die andere Seite der Green Mile und duckte sich gegen die verschlossene Tür der leeren Zelle. Er atmete so schnell und laut, daß es fast wie Schluchzen klang. Er hatte seine Lektion erhalten, daß er sich in der sicheren Mitte der Green Mile halten mußte, fort von den Zähnen, die beißen, und den Klauen, die zuschnappen. Ich konnte mir vorstellen, daß es eine Lektion war, die ihm länger in Erinnerung bleiben würde als all die Ratschläge, mit denen wir ihn nach unseren Proben überhäuft hatten. Sein Gesicht spiegelte blankes Entsetzen wider, und sein kostbares Haar war zum erstenmal, seit ich ihn kennengelernt hatte, vollkommen verwuschelt und zerzaust. Er wirkte wie jemand, der soeben ganz knapp einer Vergewaltigung entkommen war.

Einen Augenblick lang verharrten alle, und nur Percys schluchzendes Atmen war zu hören. Dann wurde die Stille durch schrilles Gelächter unterbrochen, so plötzlich und irre, daß es furchterregend war. Wharton, war mein erster Gedanke, doch er war es nicht. Es war Delacroix. Er stand an der offenen Tür seiner Zelle und zeigte auf Percy. Die Maus saß wieder auf seiner Schulter, und er wirkte wie ein kleiner, aber böser

Hexer, vervollständigt durch das Teufelchen. »Sehen an, 'at in 'ose gepißt!« johlte Delacroix. »Sehen, was große Mann gemacht 'at! Schlägt andere Leute mit Knüppel, *mais oui,* ein *mauvais homme,* aber wenn jemand berührt ihn, er pissen in die 'osen wie Baby!«

Er lachte und wies auf die Hose, und die ganze Angst und sein Haß auf Percy kamen bei diesem höhnischen Gelächter heraus.

Percy starrte ihn an. Er war anscheinend nicht in der Lage, sich zu bewegen oder zu reden. Wharton trat wieder an die Gitterstäbe seiner Zelle und schaute auf den dunklen Fleck vorn auf Percys Hose – er war klein, aber er war da, und es gab keinen Zweifel, was es war – und grinste. »Jemand sollte dem harten Jungen Windeln kaufen«, sagte er, kehrte zu seiner Pritsche zurück und schüttelte sich vor Lachen.

Brutal ging zu Delacroix' Zelle, doch der Cajun war hineingesprungen und hatte sich auf seine Pritsche geworfen, bevor Brutal dort war.

Ich legte eine Hand auf Percys Schulter. »Percy ...«, begann ich, aber weiter kam ich nicht. Er erwachte zu neuem Leben und schüttelte meine Hand ab. Er blickte auf seine Hose hinab, sah den Fleck, der sich ausbreitete, und lief dunkelrot an.

Er sah zu mir auf und schaute dann zu Harry und Dean. Ich erinnere mich, froh gewesen zu sein, daß der alte Toot-Toot weg war. Wenn er dabeigewesen wäre, hätte sich die Geschichte an einem einzigen Tag im ganzen Gefängnis herumgesprochen. Und man hätte sie voller Schadenfreude jahrelang weitererzählt – nicht zuletzt wegen Percys unglücklichem Nachnamen ...

»Wenn ihr jemandem davon erzählt, seid ihr alle in einer Woche arbeitslos und könnt betteln gehen«, zischte er wütend. Es war die Art Rederei, bei der ich unter anderen Umständen den Wunsch gehabt hätte, ihm eine zu scheuern, doch nun hatte ich nur Mitleid mit ihm. Ich nehme an, er sah dieses Mitleid, und das machte es noch schlimmer für ihn – als hätte er eine offene Wunde, in die Salz gestreut wurde.

»Was hier passiert, bleibt unter uns«, versicherte Dean ruhig. »Du brauchst dir keine Sorgen zu machen.«

Percy blickte über die Schulter zu Delacroix' Zelle zurück. Brutal schloß gerade die Tür ab, und aus der Zelle konnten wir immer noch tödlich klar Delacroix kichern hören. Percys Blick war dunkel wie eine Gewitterwolke. Ich spielte mit dem Gedanken, ihm zu sagen, daß man im Leben erntet, was man sät, aber dann kam ich zu dem Schluß, daß dies vielleicht nicht der richtige Zeitpunkt für eine Bibelstunde war.

»Und was den anbetrifft ...«, begann Percy, aber er sprach nicht zu Ende. Statt dessen ging er mit gesenktem Kopf davon, vermutlich, um im Vorratsraum eine trockene Hose zu suchen.

»Er ist so süß«, sagte Wharton mit verträumter Stimme. Harry riet ihm, bloß die Schnauze zu halten, weil er sonst in die Gummizelle wandern würde. Wharton verschränkte die Arme vor der Brust, schloß die Augen und tat, als wolle er schlafen.

9

Am Abend vor Delacroix' Hinrichtung war es wärmer und schwüler als je zuvor – das Außenthermometer des Verwaltungsbüros zeigte achtundzwanzig Grad Celsius an, als ich um achtzehn Uhr den Dienst antrat. Achtundzwanzig Grad Ende Oktober, stellen Sie sich das vor, und Donner grollte im Westen, als hätten wir Juli. Ich hatte an diesem Nachmittag ein Mitglied meiner Kirchengemeinde in der Stadt getroffen, und der alte Knabe hatte mich allen Ernstes gefragt, ob dieses für die Jahreszeit so ungewöhnliche Wetter ein Anzeichen auf den Weltuntergang sein könnte. Ich hatte ihm erklärt, ich sei mir sicher, daß es nicht so wäre, aber es schoß mir durch den Kopf, daß es für Eduard Delacroix der Weltuntergang war. O ja, das war es.

Bill Dodge stand in der Tür zum Gefängnishof, trank Kaffee und rauchte eine Zigarette. Er wandte den Kopf, sah mich und sagte: »Sieh an, Paul Edgecombe, fett wie das Leben und doppelt so häßlich.«

»Wie war der Tag, Billy?«

»Nichts Besonderes.«

»Delacroix?«

»Prima. Er versteht anscheinend, daß er morgen dran ist, und doch habe ich das Gefühl, daß er es nicht begreift. Du weißt, wie die meisten sich aufführen, wenn das Ende schließlich naht.«

Ich nickte. »Wharton?«

Bill lachte. »Welch ein Witzbold. Dagegen

klingt Jack Benny wie ein Quäker. Er hat Rolfe Wettermark erzählt, daß er Erdbeermarmelade aus der Pussy seiner Frau geschleckt hat.«

»Was hat Rolfe gesagt?«

»Daß Wharton ja gar nicht verheiratet ist. Er meinte, Wharton müsse an seine Mutter gedacht haben.« Ich lachte. Das war wirklich lustig, auf billige Weise. Und es war gut, lachen zu können, ohne das Gefühl zu haben, jemand zünde Streichhölzer tief in meinem Unterleib an. Bill lachte mit mir, kippte den Rest seines Kaffees in den Hof, der leer war, abgesehen von ein paar herumschlurfenden Kalfaktoren, von denen die meisten schon ungefähr tausend Jahre dort zu sein schienen.

Donner grollte irgendwo in der Ferne, und Blitze zuckten am dunklen Himmel. Bill blickte nervös auf, und sein Lachen verstummte.

»Das Wetter stinkt mir«, sagte er. »Ich habe so ein komisches Gefühl, daß was passieren wird. Was Schlimmes.«

Damit hatte er recht. Das Schlimme passierte gegen Viertel vor zehn an diesem Abend. Als Percy Mr. Jingles tötete.

10

Zuerst hatte es den Anschein, daß es trotz der schwülen Hitze eine ziemlich ruhige Nacht werden würde – John Coffey war wie üblich still und in sich zurückgezogen, Wild Bill gab sich als Mild Bill, und Delacroix war prima gelaunt für einen Mann, der in etwas mehr als vierundzwanzig Stunden ein Rendezvous mit Old Sparky hatte.

Er verstand tatsächlich, was ihm widerfahren würde, wenigstens das Wesentliche; er hatte Tacos als Henkersmahlzeit bestellt (»mindestens vier«) und mir spezielle Anweisungen für die Küche gegeben. »Sagen Sie ihnen, sie sollen mir diese scharfe Sauce machen, so daß Flammen aus die Mund schießen, wenn man ›allo‹ sagt – sie sollen das grüne Zeug nehmen, nicht das milde. Das Grüne ist so scharf, daß ich nicht komme von Klo die nächste Tag, aber diesmal keine Probleme, *n'est ce pas*?«

Die meisten sorgen sich mit einer Art schwachsinniger Wildheit um ihre unsterblichen Seelen, doch Delacroix zeigte wenig Interesse, als ich ihn fragte, welchen seelischen Beistand er in seinen letzten Stunden haben wollte. Wenn »diese komische Typ« Schuster gut genug für Chief Bitterbuck gewesen war, sagte sich Del, dann würde er auch gut genug für ihn sein. Nein, was ihn beschäftigte – ich wette, Sie haben es bereits erraten –, das war die Sorge, was nach seinem Tod aus Mr. Jingles werden würde. Ich war es gewohnt, lange Stunden mit den zum Tode Verurteilten vor ihrem letzten Marsch zu verbringen, aber dies war das erste Mal, daß ich diese langen Stunden damit verbrachte, über das Schicksal einer Maus zu grübeln.

Del erwog ein Szenario nach dem anderen,

ging geduldig die Möglichkeiten durch. Und während er laut dachte und für seinen Liebling, die Maus, die Zukunft plante, als wäre sie ein Kind, das er aufs College schicken mußte, warf er die bunte Holzrolle gegen die Wand. Jedesmal, wenn er das tat, sprang Mr. Jingles hinterher, holte die ehemalige Garnspule ein und rollte sie zurück zu Dels Fuß. Nach einer Weile ging mir das auf die Nerven – erst das Klacken der hölzernen Rolle gegen die Wand, dann das Schaben von Mr. Jingles' Pfoten. Obwohl es ein niedlicher Trick war, verlor er nach etwa anderthalb Stunden allmählich den Reiz. Aber Mr. Jingles wurde anscheinend niemals müde. Er legte dann und wann eine Pause ein, um sich mit einem Schluck Wasser aus dem Unterteller zu erfrischen, den ihm Delacroix eigens für diesen Zweck hingestellt hatte, oder um ein Stück von einem pinkfarbenen Pfefferminzbonbon zu knabbern, und dann machte er weiter. Manchmal lag es mir auf der Zunge, Delacroix zu sagen, daß er ihm mal eine Pause gönnen sollte, aber jedesmal erinnerte ich mich daran, daß er nur noch diese Nacht und den morgigen Tag hatte, um mit Mr. Jingles zu spielen, und so hielt ich den Mund. Gegen Ende wurde es jedoch wirklich schwierig, ihn gewähren zu lassen – Sie wissen, wie das ist, wenn man immer wieder die gleichen Geräusche hören muß. Nach einer Weile geht es einem auf die Nerven. Ich wollte es ihm schließlich doch sagen, doch dann veranlaßte mich irgend etwas, über die Schulter und aus der Zellentür zu schauen. John Coffey stand an der Tür *seiner* Zelle gegenüber und schüttelte den Kopf: links, rechts und zurück zur Mitte. Als hätte er meine Gedanken gelesen und mir sagen wollen, daß ich es mir noch einmal überlegen sollte.

Ich sagte, ich würde dafür sorgen, daß Mr. Jingles zu Delacroix' Tante käme, zu der Lady, die ihm die große Tüte Pfefferminzbonbons geschickt hatte. Die bunte Garnspule konnte ebenfalls zur Tante, sogar sein »Haus« – wir würden sammeln und dafür sorgen, daß Toot auf seinen Anspruch auf die Zigarrenkiste verzichtete. Nein, sagte Delacroix nach einigem Überlegen (er warf dabei mindestens fünfmal die Rolle gegen die Wand, und Mr. Jingles rollte sie entweder mit der Nase oder schob sie mit seinen Pfoten zurück), das gehe nicht. Tante Hermine sei zu alt, sie würde Mr. Jingles' lebhafte Art nicht verstehen. Und angenommen, Mr. Jingles überlebte sie? Was würde dann mit ihm geschehen? Nein, nein, Tante Hermine kam einfach nicht in Frage.

»Nun, wie wäre es, wenn einer von uns Mr. Jingles übernimmt?« fragte ich. Einer von uns Wärtern? Wir würden ihn gleich hier in Block E behalten. Nein, sagte Delacroix, er danke mir freundlich für den Gedanken, *certainement,* aber Mr. Jingles sei eine Maus, die sich nach Freiheit sehne. Er, Eduard Delacroix, wisse das, weil Mr. Jingles – Sie haben es erraten – ihm diese Information ins Ohr geflüstert habe.

»Also gut«, sagte ich, »dann wird ihn einer von uns mit nach Hause nehmen, Del. Vielleicht Dean. Er hat einen kleinen Sohn, der ein Mäuschen einfach lieben wird.«

Delacroix wurde bleich vor Entsetzen bei diesem Gedanken. Ein kleines Kind verantwortlich für ein nagendes Genie wie Mr. Jingles? Wie, im Namen von *le bon Dieu,* konnte man von einem kleinen Jungen erwarten, daß er die Dressur regelmäßig trainierte, geschweige denn ihm neue Tricks beibrachte? Und angenommen, das Kind verlor das Interesse und vergaß, ihn zwei oder drei Tage hintereinander zu füttern? Delacroix, der sechs Menschen bei lebendigem Leibe geröstet hatte, um sein ursprüngliches Verbrechen zu vertuschen, erschauerte mit dem gleichen Abscheu, den ein radikaler Tierschützer bei dem Gedanken an Tierversuche empfindet.

Also gut, ich erklärte mich bereit, ihn zu mir zu nehmen (ich verspreche ihnen alles, erinnern Sie sich? In ihren letzten achtundvierzig Stunden verspreche ich ihnen alles). Na, wie wäre das?

»Nein, Sir, Boß Edgecombe«, lehnte Del in entschuldigendem Tonfall ab. Er warf wieder die Rolle. Sie flog gegen die Wand, prallte ab, drehte sich; dann war Mr. Jingles bei ihr und schob sie mit der Nase zurück zu Delacroix. »Vielen Dank, *merci beaucoup* – aber Sie wohnen draußen in die Wald, und Mr. Jingles, er 'at Angst, *dans la forêt* zu leben. Ich weiß, weil ...«

»Ich denke, ich kann erraten, woher du das weißt, Del«, unterbrach ich ihn.

Delacroix nickte und lächelte. »Aber wir werden diese Problem lösen, bestimmt!« Er warf die Rolle. Mr. Jingles flitzte hinterher. Ich versuchte, nicht zusammenzuzucken.

Am Ende war es Brutal, der die Lage rettete. Er

war beim Wachpult gewesen und hatte Dean und Harry beim Cribbage zugeschaut. Percy war ebenfalls da, und Brutal war es schließlich leid zu versuchen, eine Unterhaltung mit ihm anzufangen und nur verdrossenes Grunzen als Antwort zu bekommen. So schlenderte er zu mir – ich saß außerhalb von Delacroix' Zelle auf einem Stuhl –, verschränkte die Arme und hörte uns zu.

»Wie wäre es mit Mouseville?« fragte Brutal in die nachdenkliche Stille, die entstanden war, nachdem Del sich geweigert hatte, seinen Mr. Jingles in mein altes Spukhaus im Wald zu lassen. Brutal äußerte die Bemerkung lässig, als wollte er betonen, daß es nur so eine Idee war.

»Mouseville?« fragte Delacroix und blickte Brutal in einer Mischung aus Überraschung und Interesse an. »Was ist Mouseville?«

»Das ist diese Touristenattraktion in Florida«, sagte Brutal. »Tallahassee, glaube ich. Stimmt das, Paul? Tallahassee?«

»Klar«, erwiderte ich ohne das geringste Zögern und dachte: *Gott segne Brutus Howell.* »Tallahassee. Rechts ab von der Kreuzung vor der Hunde-Universität.« Brutals Mund zuckte ein wenig bei meiner Wegbeschreibung, und ich dachte schon, er würde alles mit seinem Gelächter verderben, aber er bekam sich unter Kontrolle und nickte. Ich konnte mir vorstellen, daß er mich später noch auf die »Hunde-Uni« ansprechen würde.

Diesmal warf Del die Rolle nicht, obwohl Mr. Jingles mit den Vorderpfoten auf Dels Slipper stand und es ihn sichtlich gelüstete, eine erneute

Runde mit der Rolle zu drehen. Der Cajun blickte von Brutal zu mir und dann wieder zu Brutal. »Was machen die in Mouseville?« fragte er.

»Meinst du, sie würden Mr. Jingles aufnehmen?« fragte mich Brutal, ignorierte Del und lockte ihn zugleich. »Meinst du, er hat das Zeug dazu, Paul?«

Ich setzte eine nachdenkliche Miene auf. »Weißt du«, sagte ich schließlich, »je mehr ich darüber nachdenke, desto brillanter finde ich die Idee.« Aus dem Augenwinkel sah ich, daß Percy sich auf der Green Mile näherte (er machte einen weiten Bogen um Whartons Zelle; er hatte also die Lektion nicht vergessen). Percy lehnte sich mit der Schulter gegen eine leere Zelle und hörte mit einem dünnen geringschätzigen Lächeln zu.

»Was ist diese Mouseville?« wollte Del ungeduldig wissen.

»Eine Touristenattraktion, wie ich schon sagte«, antwortete Brutal. »Da sind mindestens hundert Mäuse, ganz genau kenne ich die Zahl nicht. Würdest du nicht auch sagen, daß es über hundert sind, Paul?«

»Heutzutage eher über hundertfünfzig«, sagte ich. »Es ist ein Riesenerfolg. Ich hörte, man will eine Filiale in L.A. eröffnen und Mouseville West nennen, denn das Geschäft boomt. Dressierte Mäuse sind stark im Kommen im Showgeschäft, nehme ich an – ich kann das auch nicht ganz verstehen.«

Delacroix saß mit der Rolle in der Hand da, schaute uns an und hatte seine eigene Lage im Augenblick völlig vergessen.

»Sie nehmen nur die besten Mäuse«, gab Brutal zu bedenken, »diejenigen, die tolle Tricks beherrschen. Und es können keine weißen Mäuse sein, denn das sind Mäuse, die aus Tierhandlungen kommen.«

»Tier'andlungen, ja, *merde*!« ereiferte sich Delacroix. »Ich 'asse Mäuse von Tier'andlungen!«

»Jedenfalls haben sie dort dieses Zelt«, berichtete Brutal weiter, den Blick in die Ferne gerichtet, während er sich das vorstellte. »In dieses Zelt gehen . . .«

»Ja, ja, wie in eine *cirque*! Muß man da Eintritt zahlen?«

»Willst du mich verscheißern? Selbstverständlich muß man da Eintritt zahlen. Einen Dime pro Person, Kinder zwei Cent. Und diese ganze Stadt ist aus Bakelitboxen und Klopapierrollen gemacht, mit Fenstern aus Hausenblase, damit man sehen kann, was sie drinnen . . .«

»Ja! Ja!« Delacroix geriet jetzt in Ekstase. Dann wandte er sich an mich. »Was ist 'ausenblase?«

»So etwas wie bei einem Backofen, damit man vorne hineinsehen kann«, erklärte ich.

»Ah ja! Dieses Zeug!« Delacroix fuchtelte mit der Hand, um Brutal zum Weitersprechen zu drängen, und Mr. Jingles' kleine glänzende Augen drehten sich praktisch in den Höhlen, als er versuchte, die Holzrolle im Blick zu behalten. Es war ziemlich lustig. Percy kam ein bißchen näher, als ob er einen besseren Blick haben wollte, und ich sah, daß John Coffey ihn finster anschaute, aber ich war zu sehr versunken in

Brutals Phantasie, um Percy viel Aufmerksamkeit zu schenken. Brutal stellte einen neuen Rekord auf in seinem Bemühen, einem Todeskandidaten zu sagen, was er hören wollte, und ich bewunderte ihn, glauben Sie mir.

»Nun«, fuhr Brutal fort, »da ist die Mäusestadt, Mouse City, aber was die Kids wirklich lieben, ist der Mouseville All-Star Circus, wo Mäuse auf Trapezen schwingen, kleine Fässer rollen, auf Seilen tanzen und Münzen stapeln ...«

»Das ist es! Das ist die Platz für Mr. Jingles!« Delacroix' Augen funkelten, und seine Wangen waren vor Begeisterung gerötet. Mir kam in den Sinn, daß Brutus Howell eine Art Heiliger war. »Du wirst eine Zirkusmaus, Mr. Jingles! Wirst in Mouse City in Florida leben! Mit Fenstern aus Sowiesoglas! Hurra!«

Er warf die Rolle besonders schwungvoll. Sie prallte tief gegen die Wand, wirbelte verrückt herum und flog zwischen den Gitterstäben der Zellentür hinaus auf die Green Mile. Mr. Jingles flitzte hinter der Rolle her, und Percy sah seine Chance.

»*Nein, du Narr*!« schrie Brutal, aber Percy hörte nicht auf ihn. Als Mr. Jingles bei der Rolle war – zu sehr im Streß, um wahrzunehmen, daß sein alter Feind ganz in der Nähe war –, stampfte Percy mit der Sohle seines harten schwarzen Arbeitsschuhs auf ihn. Es knackte, als Mr. Jingles' Rückgrat brach, und Blut schoß aus seiner Schnauze. Seine kleinen schwarzen Augen quollen aus den Höhlen, und ich sah darin den Ausdruck von Überraschung und Todesqual, der